U0536497

◎《中华诗词》类编

诗词点评选粹

《中华诗词》杂志社 编

中国书籍出版社
China Book Press

图书在版编目（CIP）数据

诗词点评选粹/《中华诗词》杂志社编. -- 北京：中国书籍出版社，2022.10
（《中华诗词》类编；5）
ISBN 978-7-5068-9206-3

Ⅰ.①诗… Ⅱ.①中… Ⅲ.①诗词—诗歌评论—中国—当代 Ⅳ.①I207.2

中国版本图书馆CIP数据核字（2022）第175393号

诗词点评选粹
《中华诗词》杂志社　编

策划编辑	师　之
责任编辑	宋　然
责任印制	孙马飞　马　芝
封面设计	张亚东
出版发行	中国书籍出版社
地　　址	北京市丰台区三路居路97号（邮编：100073）
电　　话	（010）52257143（总编室）　（010）52257140（发行部）
电子邮箱	eo@chinabp.com.cn
经　　销	全国新华书店
印　　刷	廊坊市金虹宇印务有限公司
开　　本	787毫米×1092毫米　1/16
字　　数	179千字
印　　张	14.5
版　　次	2022年10月第1版　2022年10月第1次印刷
书　　号	ISBN 978-7-5068-9206-3
定　　价	432.00元（全9册）

版权所有　翻印必究

目录

林从龙、晓川｜周燕婷《浣溪沙·接约》 1
丁　芒｜温祥《语雀》 2
林从龙｜陈忠远《西湖游》 3
夫　之｜靳欣《中秋》 4
林从龙｜阚家蓂《风入松》 5
刘永平｜张楚北《文丞相祠堂枣树》 6
杨金亭｜张锡国《路经苹果园》 7
丁　芒｜尹景汉《妈妈一笑家祥和》 8
刘永平｜张汉尉《诉衷情·赞老年合唱队》 9
丁　芒｜虞克有《初春黄昏》 10
欧阳鹤｜乐本金《压岁钱》 11
丁　芒｜方庆珠《月夜池边行》 12
丁　芒｜华彤庚《正宫叨叨令·某官之夫子自道》 13
晨　崧｜张崇溶《临江仙·母亲的怀念》 14
刘梦芙｜徐舒迟《重登岳阳楼》 15
杨金亭｜黄维善《九龙飞瀑》 16
丁　芒｜张俊卿《悟》 17
蔡淑萍｜张建成《日出》 18
王文英｜金胜军《古镇前童》 19
欧阳鹤｜刘柏青《八声甘州·良铁恩师八十华诞》 20

张　结｜王子江《哨所吟》　21

欧阳鹤｜陈永安《听老伴唠叨》　22

欧阳鹤｜刘卿《重阳代父寄台南亲人》　23

周笃文｜戴伟《观树荫下向日葵感赋》　24

欧阳鹤｜白春来《迁居八首之一·多书》　25

欧阳鹤｜吴文昌《悼汶川大地震中牺牲的人民教师袁文婷》　26

张　结｜黄永鲜《收到获得"文艺终身成就奖"通知》　27

赵京战｜高鲁鲁《庐山三叠泉》　28

周笃文｜田成名《放风筝》　29

高　昌｜纪杰尚《〈毛岸英〉电视剧观后感》　30

丁国成｜孙临清《"富士康"企业连续发生青年员工跳楼事件感赋》　31

赵京战｜李栋恒《破阵子·忆率部演习》　33

宋彩霞｜吕子房《浪淘沙·巴山背二哥》　34

林　峰｜李辉耀《咏伞》　35

赵京战｜周笃文《南乡子·黄花岗抒怀》　36

刘宝安｜谢鸿飞《闹春》　38

高　昌｜伏家芬《读开慧烈士遗稿有作》　39

赵京战｜向世斌《士之言》　40

钟振振｜郭定乾《叱犊》　41

钟振振｜苏俊《岭云海日楼题句》　42

星　汉｜温瑞《记得五首（其一）》　43

杨逸明｜田遂《鹊桥仙·太湖石旁留影》　44

杨逸明｜熊鉴《谒神农庙》　45

杨逸明 | 傅璧园《高阳台》 46

杨逸明 | 李忠利《卜算子·开心鬼》 47

熊东遨 | 陈永正《钟落潭忆梅》 48

钟振振 | 林崇增《中秋月》 49

星　汉 | 苏兰芳《宿农家晨起见闻》 50

杨逸明 | 李建新《雪中有感》 51

杨逸明 | 杨小源《棉袄》 52

杨逸明 | 一介愚夫《祖孙乐》 53

熊东遨 | 林岫《友人"下海"索诗戏题以寄》 54

熊东遨 | 熊盛元《谒成都杜甫草堂》 55

熊东遨 | 释耀智《朝南海普陀山》 56

熊东遨 | 李静凤《凤仙》 57

熊东遨 | 孟依依《凤栖梧·江南行七首之西湖》 58

钟振振 | 胡迎建《刘麒子先生来电嘱为国画大师所画蚂蚁题诗》 59

钟振振 | 陈正印《感怀》 60

钟振振 | 孔汝煌《河姆渡遗址有作》 61

星　汉 | 涂运桥《喝火令·感时有寄》 62

星　汉 | 伊淑桦《送徐老归台》 63

杨逸明 | 丁汉荣《雪乡素描四首（选一）》 64

杨逸明 | 黄志军《喝茶》 65

杨逸明 | 刘如姬《浣溪沙·夏之物语》两首 66

杨逸明 | 陈廷佑《看爹娘遗像》 67

杨逸明 | 高立元《春雨如酥，车经新华门见紫燕飞进中南海，有吟》 68

熊东遨 | 马凯《咏海棠》　69

熊东遨 | 刘征《临江仙·北海公园重新开放园中散步》　70

熊东遨 | 郑欣淼《杂感》　71

熊东遨 | 郑伯农《瓜州新景》　72

熊东遨 | 李文朝《步玉答友人秋节寄怀》　73

熊东遨 | 杨逸明《忆初恋》　74

熊东遨 | 杨金亭《题景阳冈武松祠》　75

钟振振 | 刘庆霖《西安怀古》　76

星　汉 | 韩海莲《金缕曲·青春日记》　77

杨逸明 | 殊同《西站送客》　78

杨逸明 | 魏新河《云上飞行》外一首　79

杨逸明 | 葛勇《临江仙·雪》　80

钟振振 | 彭莫《如果》　81

钟振振 | 汪孔臣《邻居》　82

钟振振 | 郑雪峰《移新居》　83

星　汉 | 罗辉《步韵吴荣富先生见怀》　84

星　汉 | 王怀江《豁齿吟》　85

杨逸明 | 侯孝琼《鹧鸪天·深圳西丽湖度假村》　86

杨逸明 | 丁德明《武夷山饮茶》　87

杨逸明 | 王爱山《竹》　88

杨逸明 | 何鹤《树墙》　89

熊东遨 | 赵焱森《湘西猛洞河漂流》　90

熊东遨 | 王国钦《引大入秦工程颂》　91

熊东遨 | 方春阳《梅花》　92

钟振振 | 朱少文《温泉》　93

| 目录 |

钟振振 | 知艳斋《黄山人字瀑》 94

钟振振 | 楼立剑《早春》 95

钟振振 | 刘晓宁《小女跳皮筋》 96

星　汉 | 潘泓《初夏田家》 97

星　汉 | 简彦勇《月牙》 98

星　汉 | 宋彩霞《临江仙·威海至京华车中作》 99

杨逸明 | 周退密《九九有感，步岭南徐对庐韵》三首 100

杨逸明 | 陆桂邻《登天堂山》 101

熊东遨 | 碰壁斋主《贺新郎·四月三十日赠肖健》 102

熊东遨 | 张志斌《天山》 103

星　汉 | 刘恒吉《【中吕·十二月过尧民歌】宦途》 104

杨逸明 | 向闲《沪上晤无以为名》 105

杨逸明 | 奚晓琳《江畔元夜》 106

熊东遨 | 霍松林《城南行饭同主佑》 107

熊东遨 | 钟振振《巴东近事》 108

熊东遨 | 钟家佐《临江仙·游青狮潭》 109

熊东遨 | 星汉《水调歌头·镇北台狂想曲》 110

侯孝琼 | 王崇庆《鹊桥仙·风信子的蓝色花梦》 111

侯孝琼 | 熊东遨《庐山石门涧过慧远祖师讲经堂同星汉亚平盛元迎建》 112

侯孝琼 | 蔡世平《生查子·空山鸟语》 113

陶文鹏 | 李凤岐《黄河》 114

陶文鹏 | 石长发《山村农家》 115

陶文鹏 | 孔祥元《问雨》 116

孔汝煌 | 王骏《夜宿庐山176号别墅》 117

田子馥 | 何运强《外出打工》　118

田子馥 | 黄小甜《【中吕·山坡羊】张家界"金鞭"传说》
　　　　120

刘扬忠 | 雍文华《沁园春·山海关》　121

刘扬忠 | 赵西林《调笑令·亚马勒铜像拆除》　122

周啸天 | 沈利斌《卜算子·偶得》　123

王　蒙 | 周啸天《邓稼先歌》　124

潘　泓 | 耿运华《清平乐·致青奥健儿》　127

高　昌 | 于霞《鹧鸪天·重返西大岭知青点》　128

潘　泓 | 韩秀松《受聘南水北调沧州支线工程监理》　129

刘庆霖 | 张景芳《油灯忆》　130

胡　彭 | 韦勇《沁园春·今我来思》　131

欧阳鹤 | 王晓龙《阴山早春》　132

林　峰 | 周建良《春游》　133

胡　彭 | 黄灏《从医感怀》　134

宋彩霞 | 王金《高空电工》　135

胡　彭 | 胡成彪《春过千灯镇》　136

潘　泓 | 张小红《咏农》　137

胡　彭 | 杨清《蜘蛛》　138

刘庆霖 | 周铭耿《拓荒》　139

宋彩霞 | 张明新《天柱山狂想》　140

潘　泓 | 寒昱《步杜牧韵记妻子网购》　141

胡　彭 | 周泽安《论书》　142

潘　泓 | 梅关雪《西江月·婉娩流年》　143

星　汉 | 李元洛《登慕田峪长城》　144

李树喜 | 令狐安《有感》　145

杨逸明 | 凌泽欣《乌江峡道书所见》　146

沈华维 | 武立胜《过敕勒川》　147

何　鹤 | 那成章《卖老宅》　148

熊东遨 | 胡宁荪《南乡子·乡间旧忆捉鱼》　149

刘庆霖 | 王玉明《喀纳斯秋色》　150

王子江 | 王海娜《蜜蜂谣》　151

何云春 | 邓辉《山乡村官》　152

邓世广 | 赵宝海《老军垦》　153

范诗银 | 崔杏花《卜算子》　154

李增山 | 佟云霞《临江仙·元旦初中同学于蓝湾茶楼小聚寄感》　155

刘庆霖 | 泉名《泸州晓望》　156

巴晓芳 | 张云波《卖糖葫芦》　157

杨逸明 | 陈良《过米拉山口》　158

潘　泓 | 李二财《题苍洱雪霁图》　159

宋彩霞 | 何其三《临江仙·邻家小丫》　160

杨逸明 | 风清骨峻《为母亲煎药》　161

耿建华 | 月怀玉《木兰花慢·烟花》　162

姚泉名 | 滕达《鹧鸪天·蝶》　163

莫真宝 | 李艳《老伴》　165

星　汉 | 雷成文《过李家冲》　166

刘如姬 | 齐蕊霞《为母亲洗脚》　167

彤　星 | 胡江波《端午感作》　168

林　峰 | 王一秋《卜算子·瘦西湖》　169

滕伟明 | 原振华《【中吕·山坡羊】慈母手中线》　　170

胡迎建 | 周南《题老骥嘶风图》　　171

李青葆 | 朱继彪《水龙吟·丁酉立春日作》　　172

秦　凤 | 程均《西江月·汽修工》　　173

杨逸明 | 王霏《游岳麓书院》　　174

郑雪峰 | 刘柏华《农家小院》　　175

周燕婷 | 紫汐姑娘《浣溪沙·匆匆那年》　　176

杨逸明 | 崔鲲《卢沟晓月》　　177

徐耿华 | 南广勋《【正宫·醉太平】陪病中老爸》　　178

张金英 | 李荣聪《乡村夜宿》　　179

张克复 | 匡晖《送儿赴京》　　180

熊盛元 | 王献力《过襄阳古隆中诸葛草庐》　　181

王改正 | 唐加强《五月农家》　　182

南广勋 | 杨必智《【中吕·山坡羊】阴雨天见某地洒水车照常工作》　　183

星　汉 | 陶大明《送小女赴南疆支教》　　184

何　鹤 | 曹山《我与〈中华诗词〉》　　185

李书贵 | 朱思丞《上海看望卖菜堂叔》　　186

黄小甜 | 魏跃鲜《【正宫·塞鸿秋】说跟风者》　　187

姚泉名 | 李伟亮《武汉东湖遇雨》　　188

李葆国 | 孔繁宇《蝶恋花·校园有忆之回小学操场》　　189

宋彩霞 | 王志伟《回已拆迁老村》　　190

张思桥 | 胡水莲《夜韵》　　191

徐耿华 | 王晓春《【正宫·塞鸿秋】咏史》　　192

武立胜 | 沈中良《新农村竹枝词之减肥》　　193

王震宇 | 姚从新《月下山行》 194

金　中 | 甄宇宁《风入松·秋日即景》 195

苏些雩 | 陈国元《回乡偶书》 196

黄小甜 | 刘博《清平乐·返母校》 197

宋彩霞 | 哈声礼《八步沙六老汉治沙造林歌》 198

武立胜 | 白秀萍《书法课习"人"字有感》 200

刘庆霖 | 曾入龙《鹧鸪天·烟花》 201

王海娜 | 何春英《蝶恋花·寄同桌》 202

姚泉名 | 沈鉴宇《网络大讲堂指导春耕》 203

李伟亮 | 张学祥《鹧鸪天·送戏大别山老区》 204

何　鹤 | 王琳《南歌子·访国界线巡江艇哨所》 205

胡　彭 | 李涛《【北正宫·叨叨令】打工妹与打工仔》 206

韦树定 | 黄新铭《农家乔迁》 207

张金英 | 郭文泽《贺新郎·梅雨天农村采访》 208

杨逸明 | 董惠龙《团圆节有作》 209

熊盛元 | 燕河《生查子·暮春怀人》 210

潘　泓 | 张智深《乘舟东下》 211

陈廷佑 | 别志奇《金缕曲·全国劳动模范拉齐尼·巴依卡》
　　　　　212

张克复 | 庄炳荣《城居》 213

李建春 | 何光腾《西江月·某地植树节》 214

刘庆霖 | 王海亮《白洋淀雁翎队》 215

包　岩 | 夏云浦《忆母》 216

宋彩霞 | 曹振锋《减字木兰花·读〈诗经·关雎〉》 217

范诗银 | 张伟超《永遇乐·霜降前两日归旅部》 218

周燕婷《浣溪沙·接约》

尘镜重开理晚妆，两蛾淡淡为谁长？裙衣细拣费思量。　几许心期轻错误，一丝情分暗收藏。黄昏渐近渐彷徨。

林从龙点评：

接约之前，懒开妆镜；接约之后，"尘镜重开"，可见词人初惊乍喜之状。然而重重疑虑困扰着词人：此次见面，是喜订终身，还是和平分手？所以紧接着是"为谁长""费思量"。下阕回顾几年来自己仅有"心期"，致使对方不敢公开表态，轻误大好时机，不无追悔之意。"黄昏渐近渐彷徨"，正是这种微妙心情的真实写照。词贵情真，此词可证。

晓川点评：

心已暗许，态却矜慎，曲折写出了少女之微妙情绪。两结俱佳，后片尤自然深永，神味在南唐、北宋之间。

1994年第1期

温祥《语雀》

凤凰何少尔何多，莫听前人乱作歌。
一旦凤凰多似尔，碧梧枝上尽风波。

丁芒点评：

温祥诗作特点是硬语盘空，擅于理胜。这首诗也显示了这一特点。理其实是情的升华、结晶。正由于厌恶世上专爱摇唇鼓舌、搬弄是非、制造摩擦的人，便以雀为托，宣泄此情。凤凰是雀的对立物象，从两者的对比角度来深化诗意。第一句以反问语气破题，第二句故抑其词，以衬出第三句的从反面突然起意，尾句虽属承接语势，却点出全诗意旨，并拓展了诗理：凤凰多如雀，也就成了雀。这是对人世哲理的深化。全诗结构完密，饶有深刻的寄意。

1995年第1期

陈忠远《西湖游》

雨余柳色拂湖西,万古波涛浪不齐。
太守何人能固守?白堤过后仅苏堤!

林从龙点评:

"白堤过后仅苏堤",可见功在生民者盖寡。"为官一任,造福一方",当代公仆应自铭记,并当可大显身手。且全诗深得起承转合之旨,针线绵密有致,诚足玩味。

1995年第1期

靳欣《中秋》

万里层云暗，千家笑语喧。
枝间无朗月，灯下自团圆。

夫之点评：

中秋赏月，自古传为雅事，如逢天气阴沉，则未免大煞风景。当时年仅十六岁的女青年，居然在中秋无朗月的情况下，能以"灯下自团圆"自慰，胸襟拔俗，可想而知。

1995年第1期

阚家蕻《风入松》

当年横渡太平洋，水远又山长。披星戴月林巢建，喜双雏、振翅翱翔。槐影砚涵漾绿，兰滋九畹传芳。　　尘襟未浣旧时裳，日日倚修篁。神州梦远乡音绝，渺天涯、云雾苍茫。收拾江湖老去，归帆直下庐阳。

林从龙点评：

诗人对故乡的深切怀念，屡见诸词作。1984年，她于"春暮独坐晴淑轩中，忆昔合肥女中诸校友"，填了广为传诵的《蝶恋花》："犹记当时年尚小，暇日和风，紫陌花间绕。扑蝶追蜂欢语笑，罗衣翠暖眠芳草……"最近，诗人从大洋彼岸寄来这首新作《风入松》，从中可见诗人一儿一女"振翅翱翔"之后，仍有"归帆直下庐阳"之想。"人情同于怀土兮，岂穷达而异心！"验之于阚教授的词作，更觉王仲宣论断之不谬。

1995年第4期

张楚北《文丞相祠堂枣树》

正气撼天地，精诚草木知。
不生朝北干，只长向南枝。

刘永平点评：

这首五言绝句，是把"咏史"与"咏物"结合起来进行赞颂的。相传文天祥被俘后，坚贞不屈，在囚禁中，赋《正气歌》以明志，祠堂前有他手植枣树一株，枝干皆向南，以示决不向北国投降。首句"正气撼天地"，因而达到"精诚草木知"。三、四两句，"不生朝北干，只长向南枝"，做生动形象的具体描绘，言这棵枣树，体现了文天祥坚贞的民族气节和爱国精神。这首小诗，言简意赅，生动形象地描绘出爱国主题。（干，枝干的"干"；长，生长的"长"。）

2003年第1期

张锡国《路经苹果园》

单车十里果园旁,嫩叶银花乱出墙。
蝶舞蜂飞香阵里,小康风暖到苹乡。

杨金亭点评:

这是一首即景抒情之作,写作者骑车,路经"十里果园"的感受。第一句点出果园一侧,即有"十里"之长的规模。第二句一个"乱出墙"的意象,便活画出苹果开花的景色。第三句以"蝶舞蜂飞香阵里"的动态渲染,赋予果园画面以立体感。结句,由景生情:"小康风暖到苹乡",写出了作者对充满希望的农村生活的感受。

2003年第3期

尹景汉《妈妈一笑家祥和》

妈妈只要笑一声,雾散云开雨过晴。
如若时时哼曲唱,花香处处鸟常鸣。

丁芒点评:

此诗绝妙。妙在完全从生活中来,是生活中的一个怡人的镜头,有强烈的生活趣味。妙在抓住了日常家庭生活中常见却易被人忽视的问题,阐明了一些生活道理。妙在抓住既寄个人独特的感受,又是众多家庭易逢易见的事情,既抒了个人独特的感情,又为千家万户所理解,所认同,所需要,语言通俗晓畅,并含机趣幽默意味,十分难得。

2003年第6期

张汉尉《诉衷情·赞老年合唱队》

鬓霜胜似少年狂,吊嗓练声忙。新歌老曲齐备,大赛有西装。男呼气,女引吭,和声锵。指挥杆下,顿挫余音,犹绕雕梁。

刘永平点评：

此词写于21世纪国际老龄行动计划制订之际,联合国第二届世界老龄大会,将在西班牙首都马德里召开。这是老龄人士的喜讯。北京老龄合唱团也在加强演唱练习,他们发扬了"老当益壮"的豪迈精神,表现出"鬓霜胜似少年狂,吊嗓练音忙",他们为了唱出悠扬悦耳的音韵,还加强了"呼气""吊嗓"的练习。在优美的指挥下,唱出"余音绕梁,三日不绝"的神韵。全词意境空灵,飘逸,结尾运用古代歌唱家韩娥"余音绕梁,三日不绝"的典故,尤为生动有力。

2003年第6期

虞克有《初春黄昏》

半峰烟霭笼山色，一抹残阳映水红。
才绿柳枝三两点，江南到处已春风。

丁芒点评：

看似浅层描绘的春暮景致，因末句而使全诗顿生无穷象征意味，视界猛然扩大至整个江南，反衬了江南典型审美意境的深厚意蕴，诗味于是氤氲蓬勃矣。

2003年第7期

乐本金《压岁钱》

喜说丰收又一年,进城储蓄笑开颜。
百元新券留三叠,尽作童孙压岁钱。

欧阳鹤点评:

作者春节回乡,看到农村新气象,写出来的诗生活气息浓郁,反映时代风貌,做到"思想新,感情新,语言新",是一个写诗的好路子。其中如《压岁钱》,反映了连年丰收后,农村的富裕状况和农民的喜悦心情。

2003年第7期

方庆珠《月夜池边行》

漫步池边影自孤,蛙声阵阵朗吟书。
风吹莲动鱼儿跳,搅碎一张星月图。

丁芒点评:

此诗写得很有灵气、活气,尤其第三、四句忽起新意,设计了"风吹莲动鱼儿跳"的动的场面,与前面的静、孤意境形成强烈对比,产生很大的诗的反揿式的击发感情的效果。末句看似第三句派生的、平浅的单纯叙述客观场景的句子。其语势处于"收"势,其实他起了"定格形象"的效果。末句推出一个"定格形象",既是对全诗意境的总承开拓,也是在读者眼前凝铸了一个难忘的形象,譬如京剧中的"亮相"那样,会给人留下深刻印象,久久难忘,这也就产生了余韵余味。这是锻炼尾句的一个很值得重视和运用的手法。

2003年第8期

华彤庚《正宫叨叨令·某官之夫子自道》

对上司

溜须儿拍马咱称绝唱，溜边儿政绩咱晶晶亮，一腔儿假话由您想象，论功儿行赏原谅咱不推让。兀的还信不过也么哥！兀的还信不过也么哥！呀！怕只怕孙猴儿舞起金箍棒！

对同事

一桩桩工作咱把他一声声唤，一钟钟迷汤咱给他一勺勺灌，一摞摞高帽咱朝他一只只掼，一弯弯重担咱挤他一身身汗。枉将他累煞也么哥！枉将他累煞也么哥！呔！闲着咱工薪照领吃干饭！

对百姓

烟圈儿直溜溜咱吐的不知数，牛皮儿吹炸咱练得神功就，心思儿用尽咱把那交椅坐个够，惹翻了百姓咱连那眉头也不皱。兀的不烦煞人也么哥！兀的不烦煞人也么哥！咋？就玩玩儿怎说咱名声臭？

丁芒点评：

散曲的谐谑嘲讽与现实生活、人物形象的结合，构成了这一幅幅漫画式的诗。华彤庚颇能掌握散曲的"味"，语言俚俗恰恰更好地表达了这种谐讽题材，增添了曲味，且显然与当代口语毫无隔膜。我很希望有更多的人来写散曲，这是中华诗词走向当代的很好的桥梁。望作者坚持写下去并有所开拓。

2003年第9期

张崇溶《临江仙·母亲的怀念》

夜静灯昏儿烂睡,欲催怕断鼾声。行囊数解裹重重。犹疑钟不准,出外看参星。　　春色尚难临塞外,阴山劲卷刚风。愿儿从此效雄鹰。谋生多绊阻,何必问归程。

晨崧点评:

这里从儿子即将离家奔赴塞外的一个夜晚,母亲看着儿子酣睡的一个小镜头,写出了母亲伟大的爱。这种以小见大的手法十分成功,漂亮。这里没有华丽的辞藻,没有高谈阔论的大肆渲染。而是用朴素的字句、朴素的话语、朴素的故事表现了朴素的感情。词的开头直话点题,并且用了一个"烂"字,初读觉得不雅,细思却别开生面,别有趣味,说得十分深刻。尾句将母亲对儿子离去以后将会产生的担心、希望、祝愿、怀念等许多矛盾心理,都表现出来了。"何必问归程",这里是母亲对儿子有深切的希望,有美好的祝愿,有想叫儿子"问"归程,而又不叫"问"归程的心理情绪,表现得十分充分。用朴素的言语表达了慈母深厚的感情和曲折的思想,给读者以美好的印象而令其遐思遥想。

2003年第10期

徐舒迟《重登岳阳楼》

波光云影洞庭秋,廿载重来故地游。
两鬓添霜宜策杖,一襟涵碧独登楼。
杜公诗咏湖山壮,范老文存社稷忧。
风景今朝应胜昔,试看破浪驾飞舟。

刘梦芙点评:

徐舒迟同志今年七十又三,上老年大学学书画多年,近年又学诗词,习作勤奋,刻苦不倦,精神可嘉。此诗写登岳阳楼,首联写景兼点题;颔联扣住"登"字,有作者之形象。"一襟涵碧"四字锤炼精工,湖光山色均在怀抱之中,情景交融,气象开阔。颈联点出杜甫与范仲淹名篇,乃岳阳楼特有之人文,叙述而不着议论,作者之情怀自见。有此一联,诗便内涵厚重。尾联转写今日,结句笔势遒劲,振起全篇。诗意虽不够新颖警拔,但通首气格雄健,对仗工稳,语言畅达,章法井井,不失为七律佳作。

2003年第11期

黄维善《九龙飞瀑》

白练弹珠挂半天,谁挥椽笔洒云烟?
碧城十二高轩冷,绿树苍崖叠画栏。

杨金亭点评:

这首绝句的主要特点是想象丰富,构思颇不一般。首句以"白练弹珠"这个富于流动美的比喻意象,先声夺人,一下子便把作者对"飞瀑"的独特感受形象地推到读者面前。接着以一个突兀而来的诘问句:"谁挥椽笔洒云烟?"引领读者透过"挂半天"的"云烟",进入"碧城十二高轩冷"的神话世界,经历了一番"高处不胜寒"的感受。结句,笔锋一转,"绿树苍崖叠画栏"的画意诗情,尽收眼底。读后,给人以如情似梦的无限遐思。

2004年第6期

张俊卿《悟》

拈断十须吟未安，始愁诗梦几时圆。
桑农戏语开茅塞，欲吐新丝先化蚕。

丁芒点评：

此诗构思完密，章法顺畅而有波澜，语言清顺畅达。末句向哲理升华，不但点出本诗的意旨，且有普遍的指导意义。人生事业，哪一种成就不需本人以"先化蚕"的实践，才能完成呢？以后写诗都可以此为范，先在构思、章法、语言这三个方面力求完美。

2004年第8期

张建成《日出》

借得朝霞办艳装，山催海涌嫁新娘。
新郎谁是不须问，径入长天大洞房。

蔡淑萍点评：

把初升的朝阳想象成新娘，把日出描绘成热烈欢乐盛大壮丽的婚礼，颇能给人新鲜感。联想到这位作者发表在"函授园地"专栏的《地球仪》（2004年第7期）中"经纬虚无人设定，封疆实在地难知。总然水接和山接，何必军机与战机"，呼唤人类和平共处，《星》（2004年第9期）中"一卷沧桑才读罢，漫天尽洒泪晶莹"，抒写胸中一点沧桑之感、郁勃之气，《乡山》（2004年第9期）中"犹自朝朝托日起，痴情一样挂苍天"，赞颂朴实如土地、坚韧如大山的家乡父老，构思均不落俗套。由此也可给人一点启示，诗词创作要避免"平庸"，立意出新甚为重要。

2004年第12期

金胜军《古镇前童》

江南小镇又逢春，山是精灵水是魂。
鹿不回头峰不转，天香古色画中人。

王文英点评：

一首诗词，不论篇幅长短、字数多少，作者都得力争写出形象生动、意新语工的精彩字眼或句子，让人喜爱，获得美感。否则，文字重沓，枯涩板滞，套话连篇，读者肯定会读不下去，感觉厌烦，读后也自然留不下好印象。一学年来，我发觉您的习作中时有出彩的佳句，如本诗二三两句"山是精灵水是魂。鹿不回头峰不转"就是形象立体、寓含情韵的诗家语，可以"诗眼"视之。应当肯定，这是您的诗作中一个难得的优点，值得继续努力、发扬光大，争取更快的进步。

2006年第8期

刘柏青《八声甘州·良铁恩师八十华诞》

望苍松瘦鹤耸南山，逍遥赋庄骚。叹中原板荡，长缨万里，台海擒蛟。裂石弯弓截虎，铜鼓马萧萧。兴废谁肩与？浩气凌霄。阅尽沧桑尘劫，喜廉颇健饭，夔铄诗豪。羡刘郎前度，一笑树千桃。晒庭柯，黄花篱绕，听鸣泉，雅致肯输陶？师椿寿，共倾北海，长颂春韶。

欧阳鹤点评：

此词以"苍松瘦鹤耸南山"作为恩师的喻象，总揽全篇。上半阕畅述老师青年时期抗日救亡，"台海擒蛟"及中华人民共和国成立后长期在家乡教书育人，"铜鼓马萧萧"，虽然"兴废谁肩与？"却依然"浩气凌霄"的赤子情怀。下半阕则极写老师"阅尽沧桑尘劫"后，仍"喜廉颇健饭，夔铄诗豪"，有对一生"树千桃"的娱悦，有"雅致肯输陶？"的精神风貌。写祝寿词最易情矫词浮，内容空泛，而此词情真喻切，语炼涵深，文采斐然，祝寿之诚、尊师之重，跃然纸上，不失为佳作。

2007年第3期

王子江《哨所吟》

云挂江心雁列空，层林尽染万山红。
夕阳背后拍风景，战士持枪在画中。

张结点评：

这是一组充满革命浪漫主义激情且又有着新的时代气息的诗。第一首写五月初梨花盛开的景色时，就点出了哨所是在祖国北疆的特点。在充满春天气息的氛围里，哨所战士的心情格外舒畅，觉得飞来的燕子也带来了家乡亲人的嘱托和叮咛。唐人有诗说："一行书信千行泪，寒到君边衣到无？"是写戍边征夫的妻子带衣服给丈夫，却担心不能按时到达的忧虑和痛苦，但今天的战士却完全不同，为人民站岗放哨的高度自觉使他们充满自豪感和幸福感，连眼前的景物也无不因为他们的心情而蒙上乐观壮丽的色彩，包括联翩飞来的燕子。虽然只是一首小诗，背后却有着更多的东西让人思索。其他的诗掇取不同节令的景色表现了哨所战士的思想和生活，如最后一首写云挂江心、雁列长空、万山红透、层林尽染的秋天，被人格化了的夕阳也不禁想把眼前美景拍下来，而持枪守卫的战士正是画面的中心人物，虽更无他语，战士的身影却显得十分高大。另外两首说当人们准备年货时，风也帮助吹扫雪花，而战士一夜值勤之后，初升的朝阳会向其采访，都有新意和诗意。

2007年第5期

陈永安《听老伴唠叨》

权把唠叨当曲听，烦人句句总关情。
客稀室陋多沉寂，相伴相扶是此声。

欧阳鹤点评：

老年人，尤其是妇女，喜欢唠叨，别人听了不胜其烦，在一家中老伴之间也是如此。此诗首句便提示大家要转变观念，不要把老伴唠叨当作噪音，而应当把它当作曲来听。为什么呢？第二句接着说明理由：因为听起来虽然烦人，但说的每一句都是关心你的话。第三句诗笔一转，说人到老年，社交少了，很少有客人来，老年人又多数居室简陋，这自然会造成一种使人感到沉闷和寂寞的环境。第四句收拢全篇，说明在这种环境中，唯一能相依相伴、互相帮扶的就只有老伴和她的唠叨声了。此诗虽然只有4句28个字，却把老年夫妻日常生活中最常见、最平凡的琐事描写得别开新意，感情真挚，风趣丛生，确实使人有一种"人人心中有而笔下无"之感。全诗谋篇精当，起句不凡，承转自然，收拢有力，的确是一首名符其实的佳作。

2007年第9期

刘卿《重阳代父寄台南亲人》

一雨知秋至，愁丝万里牵。
清光明昨夜，人影盼何年。
寂寂身心老，匆匆世境迁。
重阳揩泪眼，空望碧云天。

欧阳鹤点评：

　　此诗是作者代父而作，深刻表达了一位大陆老人思念在台亲属的内心独白。首联以秋雨生愁起兴，本来秋天就是万物由繁荣走向凋零的季节，又逢一场秋雨，更衬托出一种凄清的境界，这必然引起老人对远在台南的亲人的思念和牵挂。虽然秋天的月亮很美，皓月当空，清光普照，但自己和亲人却为海峡所阻，天各一方，不知相会何年。人在寂寥中身心俱老，世事在匆忙中不断变迁。在这样的心境下，又逢节到重阳，即我国传统中亲人聚会登高的日子，老人自然会萌生"遍插茱萸少一人"的深沉感慨，以致怅望云天，潸然泪落。此诗情真意切，语婉涵深，使人读后引起强烈的共鸣。从诗艺看，起兴切题旨，结尾有悬念，中二联对仗精美，亦使人有韵味浓郁、余音绕梁之感。特别要指出的是，此诗作者并非名家，而是江苏灌云县交警大队的一名警员，竟写出了如此佳作，就更显得难能可贵了。

2007年第12期

戴伟《观树荫下向日葵感赋》

老树投歪影，葵花独受阴。
身虽生逆境，不变向阳心。

周笃文点评：

这首诗，寥寥二十个字，从身边景物说起，却深刻地演绎了一个重要的哲学命题，而且说得自然透辟，如精钢百炼，这并不容易。前两句点出葵花的环境：它被"老树"的"歪影"罩住，很难得到阳光雨露。一个"歪"字带出感情：无奈中透出了蔑视与抗争的意味。如换作"浓影"，就减弱了铺垫的效果。三、四句就势抒发，笔锋一转，推出了"不变向阳心"这个警句。纵然你遮光挡雨，也阻遏不了我奋力向上、追逐光明的本性。枣花如米小，也作牡丹开。一个生命就是要活得精彩，活得有坚持、有价值。这就是该诗所要表达的主题——一种生命的价值观。孟子曾经说过："天将降大任于斯人也，必先苦其心志，劳其筋骨，饿其体肤，空乏其身，行拂乱其所为，所以动心忍性，曾益其所不能。"然后才能践形成德，有所作为。先哲们用形而上学的逻辑来论证的命题，诗人却用简练的形象来加以表述，而且是如此生动、深刻，可说是"小中见大，寸铁致功"的理趣佳作。

2008年第2期

白春来《迁居八首之一·多书》

不待民工开口求，因书主动再加酬。
箱箱关命须轻动，册册牵心莫浪丢。
难炫五车充玉栋，敢夸半日汗黄牛。
连城财富随身走，真是人间万户侯。

欧阳鹤点评：

此诗通过搬家描写了作者嗜书如命的高雅情趣和藏书充栋的自豪感。首联以流水句起兴，先说在搬家过程中为了书而不等搬运工人开口便主动提出增加酬金。为什么这样做呢？接着做了回答：第二联说书是自己的生命，在搬家中时刻担心，唯恐有损失，要求工人对每一箱书都要轻挪轻放，小心谨慎，不要损坏或丢掉一册书；第三联则极言自己藏书之多，竟直可以"半日汗黄牛"，要搬这些书当然也很费力气，这些就是要主动给工人加薪的理由。尾联以书作为"价值连城"的财富，随身可以带走，自己感觉似乎真正成了富甲一方的"万户侯"了。此诗写得好，一是切入点选得好，从一个搬家给工人加薪的细节展开，表达了自己的情趣追求和精神面貌；二是谋篇有特点，采用了倒叙手法，先说做什么，再说为什么做，最后以拥书自豪的心情作结；三是对仗精美，用典较多且能灵活组合而无雕凿之痕，较有文采。但也有可再考虑改进的地方，通篇都是表达自己对书的爱护、藏书的自豪和顺利搬书的喜悦，而对工人只有提要求、加薪，对他们搬书的辛苦和感受却少反映，第三联也主要是说明自己藏书之富，作为工人劳动量大的反映是力度不够的。

吴文昌《悼汶川大地震中牺牲的人民教师袁文婷》

壮别青春一曲歌，废墟回望泪婆娑，
妈妈莫怪儿先去，震后天堂稚子多。

欧阳鹤点评：

袁文婷是四川什邡市师古镇民主中心小学的一位女教师，在汶川地震中她一次次冲进教室救出学生，最后因楼塌而牺牲，年仅25岁。她父亲早年病故，她成为母亲唯一的依靠和希望。此诗以第一人称为死者代言。在地震到来时，作为教师，从崇高的师德和忠于职守出发，她义不容辞、舍生忘死地去救学生，但同时她又想起了孤苦伶仃、视女为命的母亲，如果自己牺牲，将会给母亲带来何等沉重的打击。真是一个大爱大悲、生死殊途的艰难选择。在这一重要关头，她毅然选择了前者，置生死于度外，义无反顾地去挽救学生，直至献出自己年轻、宝贵的生命，这是何等壮烈的场面，真个是"壮别青春一曲歌"！但对母亲又怀有无限的深情和牵挂，回望震后的废墟，不禁涕泗横流，只好请求母亲的谅解："莫怪儿先去"，并说明自己是因为这次地震牺牲的孩子太多需要有人照顾才选择去天堂之路的。此诗在短短的28个字中把袁文婷在地震一瞬间如何处理对学童的大爱与对母亲的至情的复杂心情和生死抉择做了深透的描述，语言亲切，真情毕露，虽为代言，但完全符合袁文婷当时的心境，表达了她内心真实感情，说出了她来不及说出的话，真实可信，从而深化了袁文婷动人事迹的内涵，使人读后既对袁文婷舍身忘死救学生的高尚品德无限钦佩，又为她对母亲的血乳深情而深受感动，引起强烈共鸣。

2008年第9期

黄永鲜《收到获得"文艺终身成就奖"通知》

昨夜通知入梦来，神仙荐我上瑶台。
毋须半点生平事，赏赐终身成就牌。
高帽太沉头岂受，名声过甚理何该？
区区八百人民币，却恨囊中不聚财。

张结点评：

这是黄永鲜在收到获得"文艺终身成就奖"的通知以后写的一首小诗。可以看出，他对收到这个盖有五颗大印的通知是有点意外甚至怀疑的，但他完全不写对方，只从自己不符合这一荣誉称号着笔，其不相信和怀疑之情反而显得更为自然。首二句说通知之来宛如梦境，第三四句说既是"终身成就奖"，可颁奖方并不了解也没有要求提供这方面的情况。五六两句则说帽子太重反令人难以承受，奖誉过甚更使自己于心不安，到尾二句才点出"颁奖方"提出的寄去800元人民币的要求，但也并没有点明这是为了宏扬文化还是有着别的追求，只是以跌宕之笔写出自己所想：800多元并非巨款，可恨的是自己阮囊羞涩，无力满足。这里的"却恨"当然是反话，反衬出一个知识分子的狷介和自重。全诗有兴味，其颔颈两联俱见功力。

2008年第10期

高鲁鲁《庐山三叠泉》

天作奇岩叠夕台，飞珠溅玉跌三陔。
世人总有攀高意，谁肯如流自下来？

赵京战点评：

小诗开始描写庐山三叠泉的秀丽风景：山是"天作奇岩"，水是"飞珠溅玉"，引导读者去欣赏、想象瀑布风景之美。第二联开始，笔锋一转，眼光不是停留在瀑布上，而是借景抒情，把读者引导到更高的精神境界：水能从高而下，世人却总是"有意高攀"，为了个人的名利地位，甚至不择手段，造成道德滑坡、诚信缺失、丑相频生，成为当今社会的顽症。有谁能从善如流，深入百姓大众，就像瀑布一样不矜高位，不恋名山，而流向江河，流向大海呢？小诗虽短，但诗中提出的问题是深刻的，是切中时弊、发人深思的。诗人看到了当前社会的弊病，借题发挥，大声疾呼，说明了诗人强烈的社会责任感。这对广大诗词作者是有所启发的。从艺术技巧来看，谋篇布局，不无匠心；然而议论偏多，落入宋人窠臼。"三陔"一词，用法稍显生硬，此为微瑕。

2011年第6期

田成名《放风筝》

一线春风嫩手牵，黄莺紫燕白云天。
童心放到夕阳里，悄把星儿都点燃。

周笃文点评：

好一幅春光骀荡的图画，一首充满童趣与诗心的好诗。细密的文心与惊人的想象力把读者带入了赏心悦目、情趣无限的审美快乐中。一起两句写眼前实景，却工于铺垫。小小的一根线，牵动了春风，牵动了鸣唱着飞翔于蓝天白云下的紫燕和黄莺，可谓一线连天，笔力惊人。第三句则转身虚际，突出了一个"放"字，呼应题面。是说童心随着风筝被放飞到夕阳残照之中，使之意脉相连，而又别开新境地引出了最精彩的下句："悄把星儿都点燃。"星辰是不会燃烧的，但在诗童心目中，当燃烧的夕阳渐渐暗淡时，星星却越来越闪闪发亮。唤起了作者的移情感觉，以为星星也燃烧起来了。想象入奇，无理而妙，令人为之击节称赏。诗歌是富于想象的艺术。在《仲夏夜之梦》中莎士比亚说："诗人的眼睛在神奇的狂放后一转中，便能从天上看到地下，从地下看到天上。想象会把不知名的事物用一种形式呈现出来。诗人的笔使它具有如实的形象。""星星都点燃"，就是再造的新境，它能给人以一种异意的惊喜。

2011年第7期

纪杰尚《〈毛岸英〉电视剧观后感》

谁将先哲捧如神，却是多情多义人。
庭院谈兵慈父愤，沙场效命孝儿心。
常闻蠹吏成豪富，又报权门践弱民。
千古泰山恒仰止，鸿毛轻落变埃尘。

高昌点评：

电视剧《毛岸英》根据毛岸英烈士的妻子刘思齐的回忆录改编，描述了烈士短暂人生中学习工作、爱情家庭、壮烈殉国等不平凡的轨迹，着重表现了毛岸英一家人对祖国人民的深情和他们为革命、为理想所经历的生离死别。该剧2010年10月开始在央视播出，受到很多观众的好评。本诗作者表达的即是观看该剧之后的一些感想。不过，诗人并没有简单地就剧谈剧，而是借剧抒怀，重点表达自己对社会、人生的忧思和感悟。全诗语言平易，风格朴实，于冷静的议论中暗蕴雷霆万钧的情感风暴。尤其是三组对比的成功运用，使这首朴拙直白的诗歌别有一种打动人心的艺术力量：首联提出"神"与"人"的对比，颔联和颈联用"慈父""孝儿"的形象与"蠹吏""权门"构成对比，尾联再次用"泰山"和"鸿毛"形成对比。作者鲜明的爱憎，也在这三组对比中不露声色地完整表达了出来。略有小瑕是中间两联对偶的个别字词还可更工稳些。"心"字用别韵，虽在今人作品中不乏"通押"的例证，但如果作者对自己要求更严格些，也可考虑调换一下。不过，因其针对社会现实的拳拳之心和脉脉之情，仍使此诗虎虎生风，力道十足。古人云"意犹帅也"，于此可证。

2011年第8期

孙临清《"富士康"企业连续发生青年员工跳楼事件感赋》

一死鸿毛效坠楼,徒增父母世人愁。
君看酒绿灯红畔,依旧佣工待雇稠。

丁国成点评:

说实在话,这首诗在艺术上并无惊人的突出特色,但它能够打动读者,让人悲愤难平、思绪低徊不已。作品所写,不是常见的风花雪月、游山玩水,也不是低俗的互相吹捧、酬唱赠答,更非无聊的叹老嗟卑、自怨自艾,而是"富士康"私营企业的青年员工连续跳楼自杀。这不能不促人思考。青年本是国家栋梁、民族期望,正如"早晨八九点钟的太阳",何以"连续"坠落?人常说,两重相较取其轻,两难相较取其易。在生与死相较中,这些青年定然认为死比生更是轻而易举之事,遂以一死了之。可恶的现实摆在他们面前:一边是灯红酒绿的穷奢极侈,一边是衣食无着的"待雇""佣工"。他们求职无门,最后选择自杀。诗的作者并不赞成跳楼,因为这样一死"轻如鸿毛",毫无意义,只能"徒增父母世人愁"。然而,"人情莫不贪生恶死,念父母,顾妻子,至激于义理者不然,乃有所不得已也"(司马迁)。英国哲人赫胥黎也说:"人们宁可忍受肉体上的极大痛苦,也不愿与生命告别,而羞耻心却驱使最懦弱者去自杀。"可见自杀是他们"激于义理"和捍卫尊严的"不得已"的选择。作品告诉人们:

贫富悬殊、分配不公、义理难申、生活无路、人格受辱已成亟待解决的社会问题。作者敢于面对现实，勇于揭露矛盾，因而引起"世人"同"愁"。这就启示我们：诗人应当关注现实，尤其是社会底层的劳苦大众和弱势群体，为之鼓呼。同时也要精益求精。如果诗人缺乏博爱，作品失去痛感，那就难免流于平庸，纵然艺术珠圆玉润，也只能聊备一格而已，并无太大社会价值。

2011年第8期

李栋恒《破阵子·忆率部演习》

冲破周天雪幕，碾开冻地冰河。掠阵战车咆若虎，扑敌官兵卷似河。杀声惊恶魔。　　踏遍千山曲径，枕温万夜霜戈。练就雄师无敌术，谱出长城永固歌，壮心今未磨。

赵京战点评：

军事演习是以实战为目的，写演习也是写战场。作者首先描写演习环境，一个"雪幕"，一个"冰河"，抓住雪原典型特征，一下把读者带入严酷肃杀的氛围。紧接着写演习进程，"掠阵战车""扑敌官兵""杀声"，又是从千军万马中点出三个最具代表性的事物，提纲挈领，一览无余，表现了作者对事物的概括和对语言的驾驭能力。下阕笔锋一转，对演习总结，通过"千山""万夜"，达到了"无敌""永固"，最后落实"壮心"，把将士们的精神升华到一个新的更高的境界。词中不做细部描写，而以宏大视野，高峻视点，从宏观上展现雄壮美，是一幅匠心独运、椽笔淋漓的泼墨大写意。真是将军手笔，战士情怀。词中"枕温万夜霜戈"，尚待打磨，此乃微瑕。

2011年第9期

吕子房《浪淘沙·巴山背二哥》

小子走巴山，踏遍渝川。背星背月背朝天。呵嗬一声忙挂地，仰首岩悬。　　日夜顶风寒，脚破鞋穿。为儿为母为家园。苦命二哥背不尽，背起人间。

宋彩霞点评：

背篼是大巴山人重要的生产生活工具，也是他们性格的象征。背二哥大都来自贫困山区，一只背篼、一身好力气，就是他们全部的谋生工具。该词用白描手法勾勒出一位巴山农民日常生动的故事、勤劳朴质的品质和在苦难中奋争不息的栩栩如生形象。晚清况周颐《蕙风词话》云："近人作词，起处多用景语虚引，往往第二韵约略到题，此非法也。起处不宜泛写景，宜实不宜虚，便当笼罩全阕。"说的正是该词技巧。"小子走巴山，踏遍渝川。背星背月背朝天。"纯用口语，清纯无滓，到口即消，极具动感。下阕承接上意，从背二哥不分昼夜、不惧寒暑写起，写到他背上的千斤"背篓"，再到他的家人和家园。即使走到脚破鞋穿也一往无前。最妙在结拍"苦命二哥背不尽，背起人间"，此言一出，夺人心魄，令人思绪万千。

2011年第9期

李辉耀《咏伞》

铮铮铁骨向心连，伸屈随机自坦然。
落拓寻常浑无事，每逢风雨敢撑天。

林峰点评：

伞者居家之物，随处可得之。本寻常之器，但经诗家一点便不寻常，所谓"化腐为奇""点铁成金"也。此诗生动形象，借伞喻人，已得诗中三昧。起以铁骨铮铮，根根向上备述伞心相连、合力共济之态势。次以伸屈自如、恬淡自然之描摹尽显其与世无争、不求闻达之内涵。故于豪门贵宅、村舍山居之间皆能来去自如，随遇而安也。若逢电闪雷鸣、风雨交加之际，人皆欲避之而犹恐不及也。唯此君肯知难而上，逆势而起。栉风冒雨，披霜戴雪。不与人前争得失，敢与苍天较短长。正此君之写照也。此诗最妙处，落在结拍一句。此言一出则如点睛之笔，通篇生色。魏谦升云："兴酣落笔，超妙无伦"即此意也。辉耀君能于平凡之事物中，揭示其内心世界；于起承转合之间，洞悉其精神特质。辅以拟人之手法，锤炼升华之，使渺小之器物具庞然之气象矣！然此诗亦有美中不足、差强人意处。如"落拓寻常浑无事"句，"无"字出律，且"落拓"与"寻常"相去不远。若易之为"落拓荣华皆不顾"则反差顿现，意更深邃也。纵如此，亦难掩其瑜也。

周笃文《南乡子·黄花岗抒怀》

撼地炸惊雷，弹雨枪林凛有威。义士百余肝脑裂，横眉，岗上黄花作血飞。庙祀足崔巍，献石堆成百丈碑。狐鼠凶魔皆破胆，雄哉，一扫阴霾浩气开。

赵京战点评：

2011年10月10日是辛亥革命100周年，本刊收到了大量回忆、凭吊、纪念的诗作。第10期特意编发了专门的栏目表示纪念。周笃文《南乡子·黄花岗抒怀》就是这个栏目的代表作之一。"撼地炸惊雷"，开头第一句，首先点出黄花岗起义对于封建王朝"震天撼地"的巨大作用。紧接着"弹雨枪林凛有威"具体描绘当时激烈的战斗场面。二句先声夺人，使读者的审美意识很快进入到当时的历史场景。然后再写"义士百余肝脑裂，横眉，岗上黄花作血飞"，对整个事件的来龙去脉，从容交代，和盘托出，使读者有一个整体的思考和回味，这不禁使人想起王维的"风劲角弓鸣，将军猎渭城"，诗家笔意如出一辙。下片笔锋一转，重点阐发事件的历史意义。"庙祀足崔巍，献石堆成百丈碑"，英雄壮举，千秋庙祀，百代尊崇，献石堆成的高墙，就是烈士们的百丈丰碑。"狐鼠凶魔皆破胆，雄哉，一扫阴霾浩气开。"起义虽然没有成功，但是，烈士们的英雄浩气，已使清廷闻风丧胆，为结束两千年的封建专制，一扫阴霾，开拓先机，它是后来的辛亥革命的预演，为武昌起义准备了条件，积累了经验，功不可没。"雄哉"一语，充分表达了后人对黄花岗烈士们的崇高评价和赞颂。综观全词，开首石破天惊，结尾振铎惊天，全篇结构严密，承转有序；上下两片，叙议从容，虚实兼之，时时点化升华，处处绾结照应，词家妙手，大有惊鸿游龙之叹。如"横眉"一词，将烈士多少豪言壮语、英雄壮举尽收于二字之中，实乃林觉民《与妻书》精华之所凝结也，真令人拍案叫绝！凭吊怀古，反映重大历史事件，挖掘其历史意义和现实意义，是诗词社会作用的重头戏。此种题材颇有难度，周笃文《南乡子·黄花岗抒怀》无疑是一篇难得的佳作，为此类题材树立了榜样。我们希望今后会有更多的佳作出现。

2011年第11期

谢鸿飞《闹春》

闹春闹到孙爬背，吆喝还将鞭子挥。
频说老牛真听话，勤耕苦作不施威。

刘宝安点评：

以《闹春》为题的七言绝句诗共三首。第一首描绘的是作者少年时代骑在牛背上，芦笛横吹，放牧晚归的壮美景色。第二首表现的是作者进入壮年之后与幼儿佯装阡陌扶犁的春耕图。第三首就是上面录入的这首。它是在皴染作者与嫡孙嬉戏闹春的动人场面。首先，诗的起句直接破题"闹春闹到孙爬背"。很显然，"闹春"的内容很丰富，祖孙似乎是闹春闹到十分开心的时候才"孙爬背"的。这样的出手，就给人一种热烈、温馨而厚重的感觉，同时为下句的承接做了铺垫。诗的第二句是递进关系，他不仅是"爬背"，而且是边挥鞭边"吆喝"，这就将小主人翁那种健康、活泼、顽皮、灵动的形象，刻画得入木三分，跃然纸上。再看诗的第三句，悉听他的"频说"，可谓言简意赅，于缭乱之中蕴含着浓墨重彩，使得孙儿"爬背"的内涵更加丰满。诗的第四句结尾结得比较稳，"老牛"勤耕"不施威"，说明了和谐、融洽亲情关系的必然性。综观《闹春》组诗，脉络清晰，它分别以作者的少年、中年和老年的时序为纬，以春耕为经，编织成一幅立体的、色彩斑斓的、生机勃勃的"闹春图"。因此，它不仅是家庭的写照，也是社会的缩影。援笔至此，我想起徐英在《诗法通微》中的一段话，他说：绝句之法，"要宛曲回环，句绝而意不绝，多以第三句为主，若于此一转处得力，第四句则因风助浪，如盘走珠矣"。对照《闹春》的章法，莫不如是。所以，很值得我们学习、借鉴。

伏家芬《读开慧烈士遗稿有作》

征程半纪付沧波,砖隙梁间纸未磨。
柏操托孤期卓尔,冰心织字矢无它。
三男事后逃魔障,一弟身先蹈网罗。
千古爱河潮万丈,坚贞铭石独巍峨。

高昌点评:

杨开慧烈士牺牲半个多世纪之后,烈士遗稿在修缮故居时被发现。伏家芬的这首诗,表达的就是读烈士遗稿的真挚感受。全诗质朴高亢,萦绕着一种不同凡俗的苍凉悲壮之气。尤其是"千古爱河潮万丈"一句,奇崛瑰丽,令人过目难忘。不过,这首诗感动读者的首先不是文本层面的内容,而是其塑造的开慧烈士那柏操冰心的巍峨形象。烈士的一生,本身就是一首感动人心的大写诗篇。"以诗为生命,是二流诗人;以生命为诗,才是第一流诗人。"(公木语)在烈士蘸着鲜血写就的生命诗篇面前,一切华丽的文字其实都是苍白的。

2011年第12期

向世斌《士之言》

广厦已成千万间，万千寒士莫欢颜。
钻天高耸楼盘价，羞死囊中几个钱。

赵京战点评：

小诗抓住楼价飙升这一社会现象，深刻反映了处于社会底层的工薪阶层上班族的心声，对待高不可攀的房价，算一算自己的薪酬，数一数自己那"囊中几个钱"，只有望洋兴叹。他们的苦恼和无奈，牵动着作者的心，也牵动着读者的心。正是这种牵动人心的效果，才体现出了诗的社会意义和价值。那些无关痛痒的作品，即使艺术性再高，毕竟不是诗的最高取向。诗人一开头就化用了杜甫《茅屋为秋风所破歌》中"安得广厦千万间，大庇天下寒士俱欢颜"的句子，大大增加了诗的分量和表现力，发人深省。反映时代的面貌，就要抓住具有时代特征的典型事件，对时代进行深入的思考和探索。这就需要诗人敏锐的观察力。露珠映日，以小见大，正是诗家手段。

2011年第12期

郭定乾《叱犊》

叱犊梯田闹五更，四蹄双足共兼程。
一鞭喝醒东山日，好替凉蟾照晓耕。

钟振振点评：

此诗写农家耕田时节的辛劳忙碌，却充满豪情。"一鞭喝醒东山日"，何其壮哉！鞭喝者，本是叱牛（即题目所谓"叱犊"），不容其偷懒也。实话实说，便少诗味。却发奇想，偏说是要"喝醒"太阳，让它替换月亮（"凉蟾"即冷月，传说月中有蟾蜍，故诗词中习以"蟾"为月亮的代名词），为"晓耕"照明，则诗趣盎然矣。"叱""闹""喝"相照应，"犊""田""耕"相照应，"五更""日""凉蟾""晓"相照应，针线细密。"四蹄"，耕牛也。"双足"，耕田之人也，亦相映成趣。

2012年第1期

苏俊《岭云海日楼题句》

东海潮来白日昏，楼头侠气最怜君。
谁知一掬哀时泪，挥去依然湿岭云。

钟振振点评：

岭云海日楼，是台湾近代爱国诗人丘逢甲的书斋。甲午战争，清廷失利，割台湾与日本。他组织义军反抗日军。兵败，携家内渡广东。此诗即吊唁逢甲，嵌入"岭云""海""日""楼"五字，以切其人。"东海潮来"喻日军侵台。"白日昏"一语双关，既指日军侵略使台湾岛天昏地暗，又可指清廷昏聩。逢甲有心报国，壮志未酬，其侠气可敬，而身世则可哀也。言其一掬哀时之泪，挥去依然沾湿岭云，俱见其对于台湾沦陷的深哀剧痛。岭南湿热多雨，作者不假他求，即以五岭云"湿"为逢甲之泪水所致，可谓精警而切近。吊古诗当如此做。直述史实则呆滞木讷；借形象比喻委曲言之，则空灵隽永。

2012年第1期

温瑞《记得五首（其一）》

记得携行十里街，双双影与月徘徊。
尘凡以外原难觅，媚眼之中半让猜。
曾筑心堤遇潮溃，休矜意蕊放春来。
霓虹闪处相无语，唯有足音飘石台。

星汉点评：

这首七律用诗句首二字为题，实为"无题"。读诗后，读者能体会出所写为男女初恋，主要写男方的心情、感觉。"心有灵犀一点通"（李商隐语），彼此爱慕，但是谁也不去说破，使爱情变得含蓄、高雅。此诗可称道者有二。一是起承转合，脉络清晰。首联交代相见的背景，颔联道出女方的美丽多情，颈联吐露男方的心期所愿，尾联描绘双方的小心矜持。二是炼字精当，造语奇警。"意蕊"一词，指心情、心意，前人多用，但此处指少女心绪，颇显稳妥。"足音"曰"飘"可见夜深、夜静，颇见确切。"心堤"一词，当系作者提炼自造，于此处颇为传神。

田遨《鹊桥仙·太湖石旁留影》

石顽如我，我痴如石，偶尔相逢一笑。石兄怪我太温存，我也怪、石兄孤傲。　　云根万古，人生短暂，难得同窗留照。相依相契霎时间，便抵得、天荒地老。

杨逸明点评：

九十岁的老诗人，与一块太湖石合了一张影，竟会有那么多的话要说。看似平平淡淡，自说自话，没甚紧要处。然而细细读来，自然流畅，一点也不做作，其中透露出老诗人多少旷达的情怀和人生的感悟啊！

2012年第3期

熊鉴《谒神农庙》

万千年后拜先人，犹是从前赤膊身。
左手持禾右持药，望之殊不似为君。

杨逸明点评：

初一读，以为是在讽刺"不似为君"的神农。然而细细读来，方知作者是在讽刺那些讲奢华、摆架子"很像为君"的统治者。这使人想起黄宗羲的《原君》一文中"天下为主，君为客"的议论。讽刺诗须以刺刺其穴道，不必以棍棒击其皮肉。

2012年第3期

傅璧园《高阳台》

压地冻云,遮天飞雪,当时狮子街前。冷尽青春,至今肠断魂牵。别来万苦千辛事,乍相逢、欲语泫然。最难言、君十九年,我廿二年。　　西郊草色迎人日,叹惊鸿影瘦,病燕态嫣。白首重携,只当共了残缘。缘残梦旧忘难彻,忆中庭、双倚未眠。记那时、夜凉似水,月淡如烟。

杨逸明点评:

劫难之后,与旧日情侣重逢,作者伤感,自不堪言。"最难言、君十九年,我廿二年。"隐隐透露出了劫难的缘由。抒情中夹杂景物描写,都使人想见其人的悲惨境遇。诗不但需有感而发,而且还需把这"感"提炼后再艺术地"发"出来,方能感人。把哀怨写得如此委婉凄美深沉,正是这首词的特色。

2012年第3期

李忠利《卜算子·开心鬼》

黑下太阳来，未必终身悔。摸索前行一路歌，做个开心鬼。高举一颗心，照亮山和水。绝处逢生重晚晴，有空偷偷美。

杨逸明点评：

有人说这是双目失明的李忠利的自画像。他摸索前行，一路高歌，活得很开心。他四十岁时目盲，"黑下太阳来"是他当年的感受。但是他居然能"高举一颗心，照亮山和水"。凭什么？凭的就是诗。他感到"美滋滋"，然而他看不见任何人，似乎是也没有人看见他，所以老是"偷偷美"。健康的悲哀也能转化为快乐，逆境不能打垮诗心。此词读来使人感动。

2012年第3期

陈永正《钟落潭忆梅》

十年江国见华枝,过眼如云总自持。
此夜满潭微月荡,到无寻处始相思。

熊东遨点评:

通篇围绕一"忆"字做文章,然其着力处只在结句。"到无寻处始相思",这"相思"便了无益也。诗人之意,或在告诫人们,凡事须珍惜眼前,切勿以"过眼如云总自持"自欺也。小中见大,平中见奇,非具大智慧者难作如是观。

2012年第4期

林崇增《中秋月》

无限蟾光下九天,千山明到一窗前。
痴心但爱家乡月,不管西方圆不圆。

钟振振点评:

俗说有崇洋媚外者云:"西方的月亮都比中国的圆。"这固然是偏见,但要说什么都是中国的好,不免又走到另外一个极端,成为民粹主义了。然而,中国人、外国人、东方人、西方人,有一点是共同的:很少有人不爱自己的祖国。诗人就把住这根脉做文章:我只痴情地爱着自己家乡的月亮!这与西方的月亮圆还是不圆无关。借题发挥,直指人心,不纠缠,故妙!

2012年第5期

苏兰芳《宿农家晨起见闻》

榆阴筛影半窗明，闲置犁锄缀落英。
布谷未知农事了，前村后甸尚催耕。

星汉点评：

"布谷催耕最可怜"（刘基《浣溪沙》），这首七绝紧扣题目，前二句写"见"，后二句写"闻"。通过见闻，表面上写农家的悠闲，实际上是写农家的勤快。诗人亲身体会农事，没有封建文人站在"圈外"指手画脚的毛病，是以感人。

2012年第6期

李建新《雪中有感》

都市银妆裹,谁怜外地工?
返乡求一票,排队雪花中。

杨逸明点评:

作者满怀对外地农民工的深厚的同情之心,创作出了风雪都市中外来务工群体的一幅速写图画,现代农民工生活的一幅白描剪影,也是一首"哀民生之多艰"的好诗。古人赞扬杜甫:"欲知子美高明处,只把寻常话入诗。"写诗"深而晦,不如浅而明",能词浅情深,词浅意深,诗短情长,最妙。

2012年第7期

杨小源《棉袄》

爷爷留下旧棉袄,三补三翻处处裢。
拆洗絮来当坐垫,依然不是黑心棉。

杨逸明点评:

前三句均淡淡说来,并无出人意料之处。最后一句忽如石破天惊,发人警醒。眼前的棉絮,竟然成为人心、道德、社会、时代变化的晴雨表和温度计,不能不使人深深反思并且长长叹息也!

2012年第7期

一介愚夫《祖孙乐》

两岁孙娃头戴盔,挥枪直把老翁追。
佯装中弹朝天仰,一日"牺牲"好几回。

杨逸明点评:

写人情之作,"只当求于耳目之前,不当索诸闻见之外"。这是古人的经验之谈。这首《祖孙乐》的小诗,只写眼前常见的一个生活细节,却使人莞尔,使人回味。也许你也见过,也许你也做过,可是你却未写过。谁知道写入诗中,竟然如此生动有趣呢?

2012年第7期

林岫《友人"下海"索诗戏题以寄》

春事纷纷不可传,莺飞草长太缠绵。
乱花斗艳疑非福,疏柳遮窗或是缘。
难向时名求气象,转因世味说神仙。
江湖看惯风波影,归去何妨种砚田。

熊东遨点评:

虽曰"戏题",其实严肃。篇中比、兴、赋并用,语至柔而理至切,奉劝之意颇明,友人闻之,必有会意。全诗情、景、理交融,字面亦饶变化,名家手段,果然不同。友人是何等人物,不得而知,然观其"下海"犹不忘"索诗",当在雅士之列。须知这"砚田"并不是人人都种得出结果来的。

2012年第8期

熊盛元《谒成都杜甫草堂》

我亦乾坤一腐儒，浣花溪畔荐青乌。
堂前翠柏枝犹茂，天下苍生病未苏。
千载纷然参句律，几人真个识玙珠？
诗霖长润西川土，怪道深秋草不枯。

熊东遨点评：

"腐儒"何其多耶，似杜者不常见也。"我亦"二句，顶礼而外，似欲效法此意便佳。中二联寄慨遥深，洵是老杜家数。"天下苍生病未苏"，此少陵不忍闻而我亦不忍见之者也，事实如斯，人其奈何！五、六句流水"几人真个识玙珠"一问，直教"纷然参句律"者面上发烧。盖句律易参，修为难到也。"玙珠"者，少陵忧国忧民之心也。理解之，实践之，方为"识"也。末谓"深秋草不枯"乃老杜"诗霖"所润，倾仰之情自见。"西川土"因"诗霖"而论，实则杜之"诗霖"何处不润哉，读者自不必拘泥于字面也。

2012年第8期

释耀智《朝南海普陀山》

得遂朝南愿，何愁蜀鄙西。
海天开境界，草木证菩提。
涤却尘缘累，休教本性迷。
拈香恭礼佛，忽觉暮云低。

熊东遨点评：

开篇旧事翻新，"蜀鄙西"谓其远也，只取有志者事竟成之意，与蜀鄙二僧之贫富无关。"南海"贫者可朝，富者亦可朝，正是众生平等之意。"海天""草木"二句，象征佛法无边，无处不在。一"开"一"证"，立现精神。颈联劝导众生，亦是自律语，出家人宽厚仁慈之德，此中见焉。末联用佛家语，谓心持佛念，外魔不侵也。

李静凤《凤仙》

春来瓣瓣玉玲珑,偏与邻丫小字同。
昨日篱前撷新蕊,背人偷染指尖红。

熊东遨点评:

"背人偷染指尖红",顽皮与羞涩同工,"邻丫"呼之欲出;与稼轩笔下"卧剥莲蓬"之无赖小儿,恰成上好一对。是之谓妙笔传神,若不经意。

2012年第8期

孟依依《凤栖梧·江南行七首之西湖》

湖上新来谁识某？颇羡先来，留壁诗千首。可惜有花兼有酒，恨无苏白为诗友。　今日杭州谁太守？依旧梅花，遍植孤山后。我亦才高能咏柳，此生许隐西湖否？

熊东遨点评：

起首一问，已见少年心气；以下一"羡"一"惜"，心澜迭起，欲罢不能，到歇拍终达极致。"恨无苏白为诗友"，眼中莘莘无余子也！过片再问，未见贤而思齐之意出焉。梅花依旧，人物全非，可发一叹。"我亦才高"句暗中照应开篇，深化孤寂之感。结云思隐西湖，莫非真欲寻白傅、苏髯一较身手？"咏柳"宜作"咏絮"解，否则依通篇口气，便是活脱脱一假小子。

2012年第8期

胡迎建《刘麒子先生来电嘱为国画大师所画蚂蚁题诗》

休言蚁小画难为,今有能人信手挥。
义胆忠肝弘勇毅,憨头钳足履艰危。
纵横在野兵团众,络绎于途步伐齐。
铁甲奔趋谁可挡,人心如此泰山移。

钟振振点评:

古今草虫之画多矣,然以蚂蚁之微不足道,入画者殊为罕见。古今咏物之作多矣,然以蚂蚁之微不足道,入诗者亦殊为罕见。物稀乃贵,人弃我取,此画此诗,可悟选题要诀。此诗名曰题画,实为咏物。题画之旨,只首联一笔带过。盖写生之具体而微,乃画家所长。若与画家斗其所长,亦以诗句求其形似,是自取其败。诗人聪明之处,在扬长避短,批亢捣虚,遗貌取神,写出画中不能明确告诉观众之蚂蚁之可歌可颂者。蚂蚁之可歌可颂者何在?在微末而不自卑,在团队精神,集体主义。诗中"纵横在野兵团众,络绎于途步伐齐"一联对仗,极为传神,允称妙品。末句"人心如此泰山移",乃点睛之笔。以此收束,小题目便有大意义矣。

2012年第9期

陈正印《感怀》

湖畔杏坛朝夕耕，烟波梦断羡鱼情。
绿荷每见困三伏，白发徒教添几茎。
姜拒百虫辛弃疾，樗经千岁散宜生。
夜吟聊把月当尺，量罢三更量五更。

钟振振点评：

此首乃平平凡凡一"教书匠"之词。首句自揭身份，"杏坛"是春秋时期大教育家孔子讲学之所。耕于杏坛，即教书之谓。"湖畔"云云，见得作者教书之地乃水乡也。次句用唐人孟浩然《临洞庭》诗"坐观垂钓者，徒有羡鱼情"句意，谓"功名"已不复可梦。"烟波"照应上句之"湖畔"，自然带出"羡鱼"，是其针缕细密处。第三句"绿荷"，亦自"湖畔""烟波"来。至第四句"白发"云云，方另起一境，见出为"教书匠"之有年矣。以上娓娓道来，至"姜拒"一联，陡然翻空出奇。生姜以其辛辣无比，故能"拒百虫"而"弃疾"（去百病）；樗木以其散漫无用，故能"经千岁"（不被砍伐）而"宜生"（适者生存）。妙在用两古人名作对（辛弃疾、散宜生），用其字面义且甚工稳。性格如"姜"，性情喜"散"，夫子自道，一览便知。尾联亦甚新奇，不过自言耽于作诗，每苦吟至半夜，乃至通宵达旦耳，造语却未经人道。"夜吟聊把月当尺，量罢三更量五更"，你看他写"推敲"写得多么别致！律诗一般要求两联对仗，一联精警，即足以传世。至于起承转合，起、承固不必定求惊人，而转、合则一定不可松懈平庸，亦如绝句。此诗好就好在有一联精警，且结尾别出心裁。全诗虽只是普通人之寻常事，却写得倜傥跳荡，绝不平庸！

2012年第9期

孔汝煌《河姆渡遗址有作》

渡口烟村碧鉴平，野原谁识古文明。
七千年稻火畬种，几百世田刀粗耕。
素饰陶纹犹见织，短腔骨笛不闻声。
至今鱼米桑麻地，不舍姚江昼夜行。

钟振振点评：

河姆渡遗址位于今浙江余姚市河姆渡镇金吾庙村，乃我华夏新石器时代最早文化遗迹之一，距今约五千至七千年，足证我中华古文明不仅起源于北方之黄河流域，亦肇兴于南方之长江流域。史前考古乃现代科学，古人未尝梦见，故诗咏阙如。当代诗词自有古人所不能涵括者，题材之与时俱进，亦其一也。此诗首联点题，是常规做法。次句似提问而实叹嗟，调动读者进入诗境。颔联点其业经测定之年代，点其水稻耕作之特色，皆精切不移。颈联出彩，上句一笔双绾河姆渡人之制陶及纺织技术，下句以其文化娱乐与其生产劳动作对仗。陶器有饰，惊人心目；骨笛无声，引人遐想。以典型器物为艺术概括，且兼顾物质生产与精神生活，颇具张力。尾联愈加出彩。五千至七千年前之河姆渡文化精神，是我中华民族勤劳、智慧之表征，至今生生不息，前行不已，一如此地之姚江，日夜奔流。末句即"姚江不舍昼夜行"，本为调平仄而颠倒语序，然如此更动，句法愈见奇崛，是为积极修辞。此本化用《论语》："子在川上曰：逝者如斯夫，不舍昼夜。"却变其时光流逝之哀叹为时代前行之赞颂，可谓化腐朽为神奇。以景收束，不发议论，曳情韵以行，余音袅袅，尤使读者含咀不尽。

2012年第9期

涂运桥《喝火令·感时有寄》

羁旅天涯客，腥风塞外临。出师平乱奏佳音。大好河山金铸，岂许暴徒侵。　　卅载从戎路，靖边一片心。将军巡夜晓风吟。锁钥疆防，落月照青衿。守护万家灯火，犯我必生擒。

星汉点评：

此词题目一是"感时"，二是"有寄"。从词的内容来看，所"感"当指2009年乌鲁木齐"7·5"打砸抢烧严重暴力犯罪事件。后者的对象当是中国人民解放军某高级将领。诗词要"切入生活"，重大题材当是首选。此词可称道处便是写重大题材。上下阕将"感时"和"有寄"有机地绾合在一起，表现了中国人民解放军"守护万家灯火"和"岂许暴徒侵"的决心和信念。铿锵有力，读来有虎虎生气。这和当今诗坛上毫无气格的失恋诗相比，何啻天壤！

2012年第10期

伊淑桦《送徐老归台》

掩樽未忍赋离歌，万里飘蓬意若何。
郢路风高秋浩莽，荆台日暮影嵯峨。
逐人北雁关山没，翘首南云涕泪多。
料有乡愁挥不去，绿莎门巷梦重过。

星汉点评：

读诗可知，题目中"徐老"当为居台湾之武汉人，回乡探视后再返台湾，酒宴后作者赋诗为之送行。作者渲染送行景物之萧索意在衬托惜别之情。尾联替行者着想，实则是惜别之情的延伸。作者用笔老辣，对仗无一字不工，起承转合，极有层次。此类题材，当今诗坛顶热；此诗可为直抒胸臆、了无余韵之作，树立莫则。笔者以为，题目中的"台"字后不可省略"湾"字，因为中国地名以"台"字打头者不止一处。否则，百年之后，会给笺注者带来麻烦。如理解为"归台州"，当使诗意大减。

2012年第10期

丁汉荣《雪乡素描四首（选一）》

悬灯贴福过新年，大雪封门梦正甜。
一片曦光称捷足，先掀夜色照春联。

杨逸明点评：

前两句铺垫，似一般般，但也不是可有可无之笔。后两句全用所谓新诗的写法，新鲜形象，妥切生动。"曦光"无足却能"捷"，无手却能"掀"，全由诗人的想象为之安装也。目前格律诗词存在一个通病是语言太现成，不知如何打造得"活色生香"。我所谓的"新诗写法"，其实也不甚确，这种写法实际上古已有之，如"山抹微云，天粘衰草""孤灯然客梦，寒杵捣乡愁"等等，只是当代的诗词作者渐渐弃之忘之，而新诗的作者在不断继承创新，倒成了一种现代化的新写法了。

2012年第11期

黄志军《喝茶》

松枝火舔瓦汤锅,桑木瓢分白水河。
将就湔山青石碗,片时枯叶活春波。

杨逸明点评:

不紧不慢道来,有山有水,有火有木,有瓦有锅,有瓢有碗,有枝有叶,有青有白,煞是热闹,最后以一个"活"字绾合,全诗也顿时"活"了起来。一首小诗写得让人长了很多见识,学诗何啻仅仅"多识鸟兽草木之名"哉?不用看图,就熟悉了这么多的原生态的饮茶器具。有情有趣,甚是精彩!

2012年第11期

刘如姬《浣溪沙·夏之物语》两首

旋转全家小太阳,爱听故事几箩筐,夜深却怕大灰狼。　童曲哼来蓝月亮,繁星缀满梦衣裳。梦中可在捉迷藏?

拾起蛙声入梦乡,童谣荡过老桥梁,儿时脚印一行行。　风语叮咛花骨朵,星眸闪烁夜橱窗。银铃街口响叮当。

杨逸明点评:

在一组充满诗意朦胧的《夏之物语》词中选出两首,前一首似乎是一位年轻的母亲在哄着小宝贝睡觉,后一首似乎是年轻的母亲自己也堕入了对于自己童年情景的回忆之中。读来耳边仿佛回绕着舒曼《童年情景》组曲的优美旋律。除了真情,打动人的还在于一连串关键词的组合,如"小太阳""大灰狼""蓝月亮""梦衣裳""捉迷藏""老桥梁""花骨朵""夜橱窗"等等,这些词打造出了一个缠绵迷离的童话世界和童年梦境。

2012年第11期

陈廷佑《看爹娘遗像》

爹娘是我眼中佛，朝霭春晖报未多。
千里烧香寻古庙，何如敬此两弥陀。

杨逸明点评：

此诗读来沉痛。"百事孝为先"，历来不是问题，但是看一看这些年来的社会现实，却真的成了一个问题。"鸡鸭鱼肉灵前供，不如生前吃一口。"此诗与之有异曲同工之妙。是须言之有物，不必摆空架子。这首诗用朴朴素素的语言，讲了一个很重要的道理，读来发人深省，引人感慨。但愿世人们觉悟得早些，千万不要到了"看爹娘遗像"的时候才明白这个道理啊！

2012年第11期

高立元《春雨如酥，车经新华门见紫燕飞进中南海，有吟》

锦梭交掷为谁忙，欲筑新巢觅栋梁。
轻剪微风裁细雨，翻飞绿瓦过红墙。
柳间啭舌声声脆，池畔衔泥口口香。
只作寻常檐下卧，不妨屋主写华章。

杨逸明点评：

歌颂当代领导人，这个题材不好写。如果"大题大作"，很容易言辞落套，内容空泛。诗人找来了一位"形象大使"燕子。前六句全写燕子，到第七句，忽然说："燕子在这里屋檐下，也只当是在寻常百姓家一样筑个窝，绝不影响和打扰屋主人'写华章'的工作。"诗似乎是淡淡写来，最后提到"屋主"，也未对其做过多的描述，但是却把人与鸟和平共处的和谐气氛烘托得非常自然。题中已经写到"中南海"，则"屋主"为何人？写的是何"华章"？均不言自明。如果没有"屋主"的"和谐"思想，燕子又哪会有在寻常人家的感觉？诗贵含蓄，这样写，给读者留下了联想的空间。

2012年第11期

马凯《咏海棠》

老干新枝也过墙,嫩芽争放送清香。
风来漫地梨花雪,雨后摇身碧玉妆。
难怪苏家常上火,顿怜贾府总回肠。
而今只待金秋到,肥果胭红装满筐。

熊东遨点评:

借物寄怀,别有兴会。首云"老干新枝"争相"放送清香",既是对"海棠诗社重启"之赞美,亦是对传统诗词振兴之心期。三、四为海棠造像,传神写照,妙语天成;五、六抒情,博采野史传闻,手法为之一变。结语收束入题,再申期望,深意在焉。

2012年第12期

刘征《临江仙·北海公园重新开放园中散步》

十年不见湖光好,重来恰是新晴。旧时杨柳笑相迎。经寒枝更劲,破雪叶还青。　　歌喉久似冰泉涩,今如青鸟声声。行吟应似柳多情。满湖都是酒,不够醉春风。

熊东遨点评:

十年不见,诚谓久违,咫尺天涯,合当想煞。一朝冰消禁解,旧地重游,其快可知也。以下写园写我,俱见劫后还苏之活力。"满湖都是酒,不够醉春风"一结,豪兴冲天,狂态毕现,直可与太白"巴陵无限酒,醉杀洞庭秋"媲美。"风"字出,意发在所不计。

2012年第12期

郑欣淼《杂感》

沉沉小院向南开,覆地繁阴有老槐。
耕读相传差亦足,饱温自奉实堪哀。
三秋稼穑人劳顿,四处求知我去来。
闻道故园貌非旧,此心忆往尚如孩。

熊东遨点评:

组诗之首,以追忆故园风物领起,诸多感慨,俱由此引发。"耕读相传差亦足,饱温自奉实堪哀。三秋稼穑人劳顿,四处求知我去来",个中况味,过来人不难体会。

郑伯农《瓜州新景》

重访瓜州地,春来草木苍。
宝箱无觅处,佳句久铭肠。
古渡楼船渺,高桥车马狂。
儿童牵远客,指点看诗墙。

熊东遨点评:

步步觅"新",处处见"景","渺"者已往,"狂"者方来,今古瓜州之异,从容带出。结语尤佳:有儿童介入画面,情趣立生。

2012年第12期

李文朝《步玉答友人秋节寄怀》

知交倾盖不为迟,戎马殊途共入诗。
一点灵犀通翰院,千杯美酒醉瑶池。
养心浩气天于我,过耳闲言自去之。
礼赞黄花明月下,同邀苏子正宜时。

熊东遨点评:

能得"殊途共入诗"之缘,此交诚"不为迟"也,合当"瑶池"一醉。五、六句看似疏狂,实为洒脱,非具大胸襟者不能道。结语特邀"苏子"入题,亦有余趣。

2012年第12期

杨逸明《忆初恋》

与汝相亲始惹痴,至今心醉卜邻时。
小窗人对初弦月,高树风吟仲夏诗。
梦好难追罗曼蒂,情深可上吉尼斯。
浮生百味都如水,只有童年酒一卮。

熊东遨点评:

蓦念少年情事,至今如醉如痴,真性情中人也。看他娓娓道来,几多旖旎风光,俱在眼前重现,不唯己醉,亦复醉人。这"永恒的主题",确有神奇的效应。结语极深刻,极透彻,不说"顶一万句",顶常人几十百把句应该不成问题。只是人到不时回味童年,便是老之将至也。

2012年第12期

杨金亭《题景阳冈武松祠》

俚曲曾闻武二郎,今朝来访景阳冈。
古碑漫证传奇梦,新塑重闻水浒章。
棉海已非藏虎地,酒家何处透瓶香?
安良除暴人间事,哪有神仙降上方。

熊东遨点评:

武松之所以为世人崇仰,端赖俚曲、传奇漫证也;心目中英雄,自不必求夫真实与否。起承二联,已道此意。"棉海"二句,笔锋巧转,由传闻过入现实,今昔殊非,透出清平景象。结语从本题生发,以议论收束全篇,观点鲜明,感情强烈,认识价值极高。

2012年第12期

刘庆霖《西安怀古》

秦腔唐乐古今闻，霸业风干剩几斤？
渭水枯成黎庶井，烽烟凝作帝王坟。
阿房烧尽星分火，雁塔劫余云抱尘。
欲向城头寻旧事，有人独自夜吹埙。

钟振振点评：

次句特奇。"霸业"可以轻重论，则亦如腊肉可以"风干"而上秤称量。此非古人仓促之间想得出来。尾联收得尤有余韵，气氛苍凉，是怀古诗之长技。以不说为说，令人回味无穷。且末句"吹埙"回应首句"秦腔唐乐"，气脉完足。

2013年第1期

韩海莲《金缕曲·青春日记》

柜角封存久。有几多、纯真秘密,为谁留守?岁月匆匆情难舍,满纸流云盈手。扉页上、心香如旧。窗下轻轻重细看,照柔光、小字玲珑秀。悲与喜,颤心抖。　　城南旧事重回首。想当时、难言爱恨,倾情挥就。月满西楼凭栏处,更把心湖揉皱。怎奈是、流年难究。话尽人间辛酸事,枉教人、立尽黄昏后。风啸月,醉诗酒。

星汉点评:

此词是作者对青春情事的回忆。笔者欣赏处有二。一是感情"纯真"至老不衰,"心香如旧"。二是造语动人,如"满纸流云盈手""小字玲珑秀""更把心湖揉皱",对表情达意,有较强的穿透力,能够打动读者。此词的不足之处,当是意象陈旧,未脱古人窠臼,如"月满西楼凭栏处""立尽黄昏后""醉诗酒"等。笔者以为,作者当在"思想新,感情新,语言新"(臧克家语)上下功夫。

2013年第2期

殊同《西站送客》

客中送客更南游，一站华光入夜浮。
说好不为儿女态，我回头见你回头。

杨逸明点评：

曾读到过张昆华的一首新诗《送别》："是否还有送别的岸边杨柳/是否还要期待那天际归舟/长亭更短亭的遗址/承受不住摩天大楼/没有风铃再去惊醒燕雏/没有桨板再去荡平激流/喇叭、汽笛、机声、拜拜/安检仪器把亲友拦在身后/手机取代万里家书/电子辞退绿衣邮夫/只有三五首唐诗宋词元曲/还能读出远客的淡淡离愁。"自古以来送别诗很多，感人的篇章不少。我每每为当代诗人难以写出精彩的送别诗而怅惘，也许当代不再重视友情。当代诗词中，居然还有"说好不为儿女态，我回头见你回头"的好诗句！一个用大白话描写的细节，"只眼前景，口头语而有弦外音"（沈德潜语）。谁都读得懂，只要是重感情的人，谁读了都会怦然心动。

2013年第3期

魏新河《云上飞行》外一首

长云万里作波涛,小艇悠然不用篙。
直下人间一千尺,划开云幕快如刀。

《成都试飞》
身共浮云作意飘,江山巴蜀望中遥。
横江半寸如毛发,知是成都万里桥。

杨逸明点评:

在长空飞行,是古人梦想过但是未能做过的事情。作者是解放军飞行员,驾机翱翔,而且能将这一题材写入诗中。即使是当代,这也绝非是人人能办到的。在一组飞行诗中选了两首,作者驾机与握笔,"气势两相高"。先看第一首,飞机到了他手中,一会儿如"小艇",一会儿如"快刀",何等洒脱。诗句在他笔下流出,又何等儒雅。再看第二首,在飞机上俯瞰成都,"万里桥"就像"半寸毛发"。大小对比下的景色,使人读来啧啧称奇。

2013年第3期

葛勇《临江仙·雪》

一夜飘飘洒洒，轻盈还似从前。凭栏相看久无言，那回分别后，转眼过中年。　　寄语三分覆麦，七分妆点溪山。只祈莫近小栏杆。鬓边些许白，已是十分寒。

杨逸明点评：

两次下雪，相隔十年。作者也从青年进入了中年。对着雪花，自言自语。领袖诗人可以将昆仑"裁为三截"，平民诗人但求能将雪"三七开"又"覆麦"，又"妆点江山"。收尾仍回到叹息时光流逝，写景抒情，不胜感慨。咏雪的诗词历来很多，但是"心思之妙，孰谓今人不如古人耶？"（袁枚语）

2013年第3期

彭莫《如果》

如果来生还有缘,应该相遇在深山。
野花摇摆说风过,青草连绵趁路弯。
我正打柴刀握手,你来采药篓背肩。
尘封记忆苏醒了,就在相看一瞬间。

钟振振点评:

此爱情诗也。今生相识相恋,是有缘;由于种种原因,未克终成眷属,故寄望于来生再续前缘。极惆怅事,却写得极温婉。纯用现代汉语,若新诗;味其格律,却是标准七律。当代语言与古代诗体,配合恰到好处,令人耳目一新。颔联写深山景物,甚富诗意。野花能说话,青草会走路,此正是诗之特技。结尾亦颇动人。且回注今生。相识相恋,今生如何?不置一词,亦不必置一词。点到为止,留给读者无限想象空间。

2013年第5期

汪孔臣《邻居》

自古远亲非近邻，于今老死不相闻。
房前摆手应招手，楼里钢门对铁门。
一院烟霞山水远，同街风雨地天分。
谁知昨夜网聊女，却是墙东冷漠人。

钟振振点评：

邻里人际关系之冷漠，乃现代城市流行病之一。此诗痛加针砭，刻画入木三分。首联化用两句成语：远亲不如近邻，老死不相往来。稍可议者，"非"字不甚精确，改"逊"似较安稳。颔联精彩。"房前摆手应招手"，示意与拒绝，均用肢体语言，而懒得张口，冷漠一至于此，岂不可叹！"楼里钢门对铁门"，其门本为防盗，然并邻居亦防之矣！钢也，铁也，怎一个冷冰冰了得！颈联亦精彩。前后文语皆实，皆具体而微，此正不妨稍虚，稍笼统，大而化之。好在善于调剂。结尾愈出愈奇。网络之虚拟空间，街坊之真实世界，适成鲜明对照，真属黑色幽默。宋玉《登徒子好色赋》曰："天下之佳人，莫若楚国；楚国之丽者，莫若臣里；臣里之美者，莫若臣东家之子。东家之子，增之一分则太长，减之一分则太短；着粉则太白，施朱则太赤；眉如翠羽，肌如白雪，腰如束素，齿如含贝；嫣然一笑，惑阳城，迷下蔡。然此女登墙窥臣三年，至今未许也。"此诗"墙东"云云，盖反用此赋，却如盐着水，浑化无迹，特为拈出。

2013年第5期

郑雪峰《移新居》

避世无方且闭关,高楼许我寄疏顽。
香堂墨气悬新轴,影壁花枝作碎斑。
人事暂逃蝇狗外,心情原在水云间。
车雷入梦成飞瀑,一枕还如卧北山。

钟振振点评:

首句"避世""闭关","避""闭"同音,乃有意为之。中二联对仗皆佳。"影壁花枝作碎斑",刻画阳光穿过花枝投影墙壁之状,尤生动传神。"蝇狗"者,"蝇营狗苟"之省文。尾联大好。楼外车水马龙,甚嚣尘上,在常人为不胜其扰攘,而诗人则酣然入梦,且化如雷之车音为山中瀑布之水声,是即陶渊明诗所谓"心远地自偏"也。"北山",谓隐居之山林,语出南齐孔稚珪《北山移文》。通首清雅流动,从容不迫。

2013年第5期

罗辉《步韵吴荣富先生见怀》

龟蛇相望恋名楼,极目烟波岁月悠。
北斗千秋照行客,东风万里送归舟。
白云黄鹤三阳暖,翠柳青松一色侔。
两岸枝头春意闹,情牵天地大江流。

星汉点评:

这首七律诗后有注,知吴荣富先生系台湾成功大学文学院华语中心主任,2010年春曾随团到武汉大学访问。其登黄鹤楼后赋诗云:"三月同登第一楼,楚天云阔望悠悠。渔矶不返仙人鹤,古渡难逢使越舟。底事龟蛇今尚斗,堪怜蛮触世多侔。江波滚滚催前浪,大海何曾辨细流。"笔者知罗辉为现任湖北省人大常委会副主任。原唱者、和诗者为学界、政界高地位者,但二人诗作均为"两岸统一"的内容,可谓大题材之作,比较有代表性。二人诗作均显含蓄而深邃。前者主要通过典故道出心声,后者主要通过景物抒发情怀,各得其妙。原唱者颔联出句谓时不我待,今人当有作为;对句对于两岸尚未官方接触表示惆怅。后二联言外之意为:统一是大势所趋,笔者也许是强作解人,但自信所说距原意不远。和诗相对明快,但"北斗""东风"字样,未必没有深意。中二联对仗,无一字不工,特别是方位词、数量词、颜色词的运用恰到好处,委实不易。步韵作诗,一是表示对原作者的尊重;二是可省去检韵之劳;三是逞才使气,以显其能。罗辉诗作当归于第一点。"步韵最困人,如相殴而自絷手足也。盖心思为韵所束,于命意布局,最难照顾。"(吴乔《答万季野诗问》)步韵毕竟束缚思想,故而在诗词创作中不应提倡。

2013年第6期

王怀江《豁齿吟》

一粒门牙又退休,口腔顿觉冷飕飕。
残兵职责重调整,再斗盘餐几十秋。

星汉点评:

掉牙是老年人必然的经常发生的事儿。有关掉牙的诗作,古人多有,如韩愈《落齿》中就有"懔懔恒在己"的悲观的句子,由此还想到了死亡:"长短俱死尔。"但是作者对人生的认识既深刻又超然,比清代袁枚的"残牙好似聊城将"更进一层,它通过"豁齿"这件事,反映出社会上老年人的积极、健康的精神状态。这种精神状态,是前朝人无法比拟的,是新时代老年人心态的缩影。此诗很值得老年人一读。

2013年第6期

侯孝琼《鹧鸪天·深圳西丽湖度假村》

难得人生稀里糊,假村度假亦吾庐。近无绿树村边合,远接商城十里余。 蛙鼓闹,鸟喧呼,录音不与自然殊。平畴何处寻禾黍,或有豪华高尔夫?

杨逸明点评:

西丽湖与稀里糊谐音,度假村确实是个假的村庄。蛙闹鸟喧,竟然是放的录音。住在这样的度假村,风景虽不可谓不美,但是总觉得有一种不足。"假村""商城""录音""豪华高尔夫"……诗人一定在做深层次的思考,但是不愿意多说什么,读者却从中感觉到了言外之意。"诗无言外之意,便同嚼蜡。"而"不著一字,尽得风流",这才是写诗的高手。写诗首先要有较强的驾驭语言文字的能力,调侃,幽默,话外有话,含而不露,对于语言把握的要求就更高。

丁德明《武夷山饮茶》

武夷溪水涌心潮,云雾蒸腾暮日烧。
小镇试看茶碗里,人人穿上大红袍。

杨逸明点评:

大红袍茶自然很有名,作者在武夷山品尝大红袍茶,不从正面描写,不从人人能道之语讲起,却偏偏从一个小小茶碗里剪取一个小镇上人们喝茶的镜头。前两句铺垫:第一句写溪水和心潮,水有了;第二句写暮云和落日,红颜色也有了。于是不必从大处观景,只需在小茶碗里就能看见人人都穿上了大红袍。整个武夷山和小镇,全部沏入大红袍的茶汤里了。写诗要出新意,普通景物,经诗人之笔一剪裁,就显得妙不可言。

2013年第7期

王爱山《竹》

屋后多姿竹，长年翠满山。
但因心不实，怕出玉门关。

杨逸明点评：

写诗有时可以逆向思维，不必人云亦云。竹子大多是正面形象，但是杜甫却有诗句云："恶竹应须斩万竿。"竹子因为空心，就到不了北方。只有实实在在的汉子，才能西出玉关，担当建设大西北的重任。作者是湖南人，长年在新疆担任领导干部。此诗即以此立意，成功地写出了诗人的情怀和性格。

2013年第7期

何鹤《树墙》

知君本是栋梁材,可叹原非当树栽。
置在街前添一景,出头自有剪刀来。

杨逸明点评:

诗人的敏感,一是用眼光搜寻,一是用心灵感应。寻常普通街头一景,到了诗人眼中,就有了不寻常之意。树不懂,依然长,当然就总是被剪。人可以学乖,不冒头了,自然就避免被剪。只存共性,消除个性,常人可以做到,诗人做到很难。寥寥几句,道尽诗人的心酸和不平。

2013年第7期

赵焱森《湘西猛洞河漂流》

神奇峡谷任漂流,一泻银河放快舟。
雾合雾开红树见,石浮石隐白云幽。
数帘瀑布添奇景,几处漩涡助壮游。
为问稼轩知也未?江山如此不宜愁。

熊东遨点评:

笔下风光美不胜收,看得人眼花缭乱。"雾合雾开""石浮石隐",与"红树见""白云幽"互为因果,互为映照,妙处难与君说。而"瀑布""漩涡",又于奇遇中带出几分险情,更使画面迭起波澜,玩味不尽。如此江山,端合令稼轩从此不言愁也!

2013年第8期

王国钦《引大入秦工程颂》

祁连山里隐青龙,翘首秦川倒吸虹。
廿载竟成千古业,万民始见五粮丰。
天堂水润塞边地,德政碑铭陇上功。
科技终圆今昔梦,放歌一曲笑长风。

熊东遨点评:

颂时颂事,俱称得体。一种先忧后乐精神,于字里行间自然流露,非但气势雄,比拟切也。全诗自"青龙"起一气贯下,至"塞""陇"二字忽作一拗,如三峡洪流,于逼仄处顿起波澜,煞是好看。结语谓"今昔梦"借科技得圆,固宜放怀一笑。

2013年第8期

方春阳《梅花》

浮动横斜续亦难,不妨放笔且凭栏。
诗家妙句无多少,剩着些儿宠牡丹。

熊东遨点评:

题曰"梅花",意旨全在梅外。咏梅诗自林和靖"疏影横斜""暗香浮动"一出,"续亦难"确已成为事实。然而此事实并非诗人倡导"不妨放笔"的真正原因,他真正忧虑的,是那种追风逐潮现象。故后二句委婉地告诫人们:凡事不要盲目追从,一窝蜂涌上,应留有余地,兼顾其他。这些言外意,是值得读者认真发掘的。

2013年第8期

朱少文《温泉》

溶溶一脉暖如汤,未学安流自沸扬。
最是令人堪爱处,不随世态改炎凉。

钟振振点评:

咏物诗,若止于"物",虽工到极处,亦只是"好谜语",非"好诗"。"言止有物",恰是"言之无物"。所谓"言之有物",要须言外有人,言外有哲理。此诗好在借"温泉"批评世俗之人。"温泉"之"热"与"冷",皆出于自然,"世态炎凉",人则否也。"温泉"之贤于世俗之人多矣!

2013年第9期

知艳斋《黄山人字瀑》

宛转灵源绝俗尘，苍崖素练趣尤真。
横空一篆堪回味，要做清清白白人。

钟振振点评：

此诗好处同上。佳句亦在后半。惟上首"不随世态改炎凉"是否定其反面，而此首"要做清清白白人"则是正面提倡，作法不尽相同。

2013年第9期

楼立剑《早春》

嫩寒浅暖未均匀,小院风情已逗人。
才有桃花三两朵,却教蜂蝶炒成春。

钟振振点评:

一、三两句扣题,三、四两句出彩。三两朵桃花,只略有春意;得蜂蝶炒作,居然春光烂漫矣。"炒"字炼得妙!套用王国维《人间词话》语:着一"炒"字,而境界全出。

2013年第9期

刘晓宁《小女跳皮筋》

花步轻盈不起埃,皮筋扯树笑颜开。
忽闻小雀急相告,别把我家摇下来!

钟振振点评:

写儿童生活,生动活泼。有童心,有童趣。"小雀",亦鸟中儿童也。"别把我家摇下来",恰是"童言"。

2013年第9期

潘泓《初夏田家》

小满风中五味兼,农人出入已腰镰。
若为解得蝉蛙语,一句酸辛一句甜。

星汉点评:

农谚云"麦到小满日夜黄",这首七绝写小满后的农家生活。农谚又云:"麦黄不喜风,有风减收成。"风中不可能有"酸、甜、苦、辣、咸"五种味道,这里实写"农人"对风复杂的心境。诗人通过听懂"蝉蛙语"无理而有情的诗句,道出农民喜忧参半的心情和苦乐相间的生活。这里没有古人白居易《观刈麦》的凄惨,也没有今人社会主义新农村大丰收的喜悦,有的只是平实的生活,平常的心态。此诗看似平淡,实则丰腴,故而感人。未深入农村生活者,未洞悉农民情感者,不能道此语。又,此诗用平水韵中十四盐的窄韵,却无凑泊之感,亦见作者诗词功底之深。

2013年第10期

简彦勇《月牙》

谁骑天马跨长空,留下银蹄挂印踪。
溅起参商南北斗,星河外泄浪千重。

星汉点评:

　　这首七绝是笔者给新疆师范大学文学院本科2009级上"诗词创作"课时,学生交来的作业。此诗气势豪壮,想象奇特,比喻新颖,读来觉虎虎生气。以此写初月者,于古于今,星汉尚未之见。由此豹斑,可知中华诗词后继有人。

2013年第10期

宋彩霞《临江仙·威海至京华车中作》

我借长风临北海,今番高梦昆仑。人间天上觅诗魂。眼前千叠浪,岭外几星辰。 莫问红尘多少路,可怜凡骨凡身。春花谢了又秋晨。来时如梦令,去是画堂春。

星汉点评:

作者前有小序,道是:"2010年8月,应《中华诗词》杂志社之邀,赴京参加编务,途中草成六阕。"笔者所见,仅此一首。词之题序,宋张先之前寡有,至苏轼使用题序解决了词体长于抒情、不宜叙事的矛盾。宋彩霞此词之序即是如此。此词文字无多,却含义丰富,意脉不断,感情起伏。将仰慕、兴奋、胆怯、执着、坚毅,诸多情感熔于一炉。为今后工作积极,做人低调,作了前奏。词含言外之意,是为其长。"眼前千叠浪",暗示作者迎难而上;"可怜凡骨凡身",看似自卑,实是自谦;"来时如梦令",说明序文中的"应邀","去是画堂春",意为离开时要画上一个圆满的句号。下阕后二句用二词牌名,颇见巧思。

2013年第10期

周退密《九九有感，步岭南徐对庐韵》三首

迎来九十九春秋，小老头成老老头。
腿足全衰难似鹤，耕耘不断爱为牛。
门多求字偿难遍，客至投诗急欲酬。
侨寓春申七十载，梦中时作故乡游。

此日此时足放怀，白头翁媪老相偕。
童年所学差能用，中岁逢凶幸免灾。
龟曳泥涂吾自适，书摹汉魏趣常谐。
平生雅爱打油体，与尔同销万古哀。

弱质居然作寿星，严君慈母语可宁。
平生不说过头话，鸣放全忘座右铭。
乔木故家无剩迹，荆花昔日亦盈庭。
儿孙自有儿孙福，留与残糙一片青。

杨逸明点评：

"小老头成老老头"，"平生不说过头话，鸣放全忘座右铭"，"平生雅爱打油体，与尔同销万古哀"，全是说话拉家常。却不失书卷气。口语、俗语和大白话入诗，浑不费力，能"不避俗，俗不伤雅"。"门多求字偿难遍，客至投诗急欲酬"，"乔木故家无剩迹，荆花昔日亦盈庭"，叙述和回忆日常生活，淡淡写来，却情景毕现。百岁老人，生活在当代，用旧体写当代诗，说当代话，饶有情趣和诗味。不妨也用典，也用旧词语，但思想感情还是当代的。不像有些七零后、八零后，写起诗来，从语言到思想感情，倒像是活回到一百多年前去了。

陆桂邻《登天堂山》

山门雾锁几时开？客至何需愁满怀。
待到野花红烂漫，春风自带钥匙来。

杨逸明点评：

第一句故设悬念。既然"雾锁"，自然很容易引人发愁。但作者在第二句却叫人不要发愁，读者自然要关注其"不需愁满怀"的道理。第三句忽然宕开一笔，展现一番完全不同的景象，色彩鲜明，果然可以一扫愁怀，"柳暗花明又一村"，虽然有点突兀，却蓄势充足，为最后抖出"春风钥匙"的包袱做好了准备，读者读到第四句时才会觉得妙不可言。首句说"锁"，伏笔；尾句说"钥匙"，揭底。首尾呼应。

2013年第11期

碰壁斋主《贺新郎·四月三十日赠肖健》

肖也平生友。梦前缘依稀是在,前生结就。君面苍芜森柏壳,我面都呈苔锈。忍相对、互嘲互丑?廿载欲栽蓬上竹,得萧疏数笋欹荒堠。看腹内,卒何有?　　仍题八字座之右。道从今行如甘草,立如柔柳。甘草为医和百药,柳可由风摆首。苟如此世何难走?君倘有闲须唤我,报梅边备得琴箫够。我闻了,去买酒。

熊东遨点评:

情感至粹至纯,字面至浅至朴。"君面苍芜森柏壳,我面都呈苔锈","道从今行如甘草,立如柔柳"……画人画我,仪型特具。处艰难环境之中,偏生有许多幽默,磊落胸襟,世不能限。碰壁之作所以动人,正在于此。

2013年第12期

张志斌《天山》

凛凛冰川雪,遥遥不可攀。
横生银汉下,耸入白云间。
高洁人堪仰,庄严气自闲。
无言雄万古,谁敢号天山。

熊东遨点评:

写得天山如许气势,令人崇仰不已。前四句大笔勾描,神威凛凛,五、六句精雕细镂,意态闲闲。前者重外,后者重内,情景交融,天然妙合。结语心雄万夫,有舍我其谁之概。

2013年第12期

刘恒吉《【中吕·十二月过尧民歌】宦途》

十年学子原为光宗耀祖，一届宦海先弄个初展宏图。怎耐那孔方兄常来惠顾，没奈何圆桌上一醉屈服。争权的到后来还是一堆土，夺利的有几个不进炮楼屋。端端的正义失足，暗暗的步入歧途。扬鞭走马时蛮庆幸读书，押上囚车时就悔恨当初。直也么哭，直也么哭，只因手太毒，只怪亲黑幕。

星汉点评：

此曲将一个贪官的读书、入仕、受贿、收监、后悔的过程，以及身陷囹圄的原因娓娓道来，层次分明。此贪官最初读书动机不纯（"为光宗耀祖"），没有树立"为人民服务"的思想，故在人生旅途中身败名裂。此曲语言朴素而犀利，得元散曲之神髓，当为贪官之棒喝！

2014年第2期

向闲《沪上晤无以为名》

片言一帖夜深时，网上三年貌未知。
凡可倾谈终是友，但能相见不为迟。
收藏有道须添我，仕宦无常且说诗。
把酒临窗今夜乐，海边漫看弄潮儿。

杨逸明点评：

三年网上交往，彼此谈论颇契，一到见面，更是投合。彼此不觉得相见恨晚，因为早在网上有了交流，已经成了老朋友了。整首诗句式灵动，娓娓道来，全是拉家常话，"是真佛只说家常"，情深意切，感人至深，使人想起"草草杯盘供笑语，昏昏灯火话生平"的意境。每每看多了网上诈骗和陷阱的报道，对于网上交友总有点恐惧。读了这首诗，却不由得叫人欣羡不已。世上毕竟好人多嘛！

2014年第3期

奚晓琳《江畔元夜》

白飞长夜雪，红看小楼灯。
烟火流花乱，江声入耳清。
吟圆心上月，倾尽指间觥。
寒柳牵衣报，春风绿已生。

杨逸明点评：

以颜色字做主语并置于句首，往往醒目灵动。杜甫多有此类写法。例如："绿垂风折笋，红绽雨肥梅"，"红入桃花嫩，青归柳叶新"。此诗起首即用对句并用此法，也很成功。颈联与尾联均句式灵动，清新可喜。整首诗绘声绘色，虽然炼字炼句，却显得浑不费力，流畅自然。

2014年第3期

霍松林《城南行饭同主佑》

城南行饭好,携手与君同。
万柳连天碧,余霞入水红。
偶闲心岂懒?多病气犹雄。
试上山头立,披襟待晚风。

熊东遨点评:

饭后偕行,相濡以沫;百端感慨,由此而生。碧柳、红霞,俱是心中意绪;披襟所待,原非野外风光。夫子企望者,只是一片自由天地。

2014年第4期

钟振振《巴东近事》

潘驴闲邓小，鄂狼忙贵大。资质输西门，上弓硬王霸。水果吃刀死，天下笑且骂。有秤在民心，一口不二价：抗暴赦无杀，逼良杀无赦！

熊东邀点评：

诗史一例。以诗存人，以诗传事，非惟书愤也。多用拗折语，盖欲增其郁塞之气，可称"振振体"。若干年后，倘有谁仍知邓玉娇，记得邓贵大，便有此诗之功。试作《巴东旧事》曰：何用冲天一炬烧？星星在眼亦堪豪。皋陶庙里多神器，不及巴东修脚刀！

2014年第4期

钟家佐《临江仙·游青狮潭》

品罢七星叠彩,偶来抚弄青狮。碧波潭畔赏虹霓。试登湖上路,过眼竹横枝。　　笑指人欺造物,崇山捏作天池。雄狮猛虎化为鱼。桂林山水好,此处更多姿。

熊东遨点评:

笔墨轻灵,状景如画。"试登湖上路,过眼竹横枝",令人一见难忘。

2014年第4期

星汉《水调歌头·镇北台狂想曲》

人在白云外，双眼望青霄。想来天上宫阙，盛宴酿芳醪。借我三杯两盏，遍洒苍凉荒野，先祭众英豪。似有黄沙起，风卷正扶摇。　看长城，隔南北，总徒劳。中华一统弘业，岂可限前朝。吩咐神仙相助，移向南沙海上，大步再登高。此处徘徊久，残日压心潮。

熊东遨点评：

自谓是狂思，我云是热血。身立台中，神飞天外，目光所极之处，云卷涛翻，风雷无际，思绪一片神行，直可当海上宣言读。

2014年第4期

王崇庆《鹊桥仙·风信子的蓝色花梦》

春雷才动,春风才送,叹尔芳心难控。抽生花干急匆匆,欲弹曲梅花三弄? 猩红不用,鹅黄不共,做个蓝蓝花梦。容华淡仁暗香浓,应是那东君栽种?

侯孝琼点评:

风信子晚春始花,花色或红或紫,而此风信竟先春而放,欲与梅花共荣,故有上片之问。下片采用排除法,拈出"蓝蓝花梦"。蓝,是开阔、浪漫之色,它预示着美好前景。当前圆梦之说播于人口,植于人心,此借风信开蓝色花言之。又《鹊桥仙》开篇两个四字句多不入韵,此依辛弃疾《鹊桥仙·山行书所见》词上下片各四仄韵。又于唯一不押韵的第五句,设同一韵部的平声字,形成一种平仄韵通叶、句句押韵的格局,与追梦明朗、欢快的内涵一等相称。

2014年第5期

熊东遨《庐山石门涧过慧远祖师讲经堂同星汉亚平盛元迎建》

闻经几度梦柴桑,次日随缘过讲堂。
百变峰俱真面目,千寻瀑是旧文章。
无心涉世愚何碍,有井观天小不妨。
忽见空山动佳气,两三飞鸟入青苍。

侯孝琼点评：

万壑因晴阴而各呈殊态,虽百变而真面目不变。瀑流飞泻,此水虽非前时之水,而必遵凭高就下之旧规。愚亦无碍,此愚为智者之愚；小也不妨,此小是见大之小。"芥子纳于须弥,海水纳于毛孔"（法藏《华严策林》）,小中正可见大。结末"忽见"空山佳气,归鸟入林,是开悟之言。陶渊明《饮酒》之五"山气日夕佳,飞鸟相与还"是末联所本。诗写"过高僧讲经堂",直写得慧命圆融,天机谐畅。

2014年第5期

蔡世平《生查子·空山鸟语》

空山鸟语时,人若山中鸟。才嚼白云香,又啄黄花小。鸟语别山时,人与山俱老。细听此山音,夜夜相思调。

侯孝琼点评:

词抒写了一次听琴的情感历程。丝弦初奏,人即随旋律而"化"为空山一鸟。才品尝闲静生香之白云,又咀嚼黄花之柔细。嚼、啄二字,形象地说明词人对音乐的品鉴之深。下片写鸟语别山、一曲终了的艺术效果。"老"字妙。山如何老?它指鉴赏者在品味音乐中历经欢乐、悲愁、追求、失落等复杂情绪后的沧桑感。它引发沉思,使人走向成熟,并将让人夜夜萦怀,不绝于心。

2014年第5期

李凤岐《黄河》

曲曲弯弯史，炎黄演义篇。
一条生命线，装订五千年。

陶文鹏点评：

用最短小的五绝体诗表现黄河这个大题材、大主题，要有大视野、大气魄、大手笔。诗人挥舞一支如椽大笔，首句"弯弯曲曲"四字，就粗线条勾勒出黄河九曲十八弯的特征和气象。其后突然出现一"史"字，化实为虚，虚实结合，揭示出黄河就是中华民族史。"史"字用得奇警有力。如果拘泥于写形求实，用"河"字或"水"字，诗味顿失。次句紧接"史"字，具体地说，就在黄河流过的中原大地上，炎帝、黄帝及其一代又一代的子孙艰苦奋斗，顽强拼搏，演出了一幕幕可歌可泣的英雄传奇，写成了一部气魄宏伟的民族史诗。诗的第三句，把哺育了中华民族的黄河比喻为一条无比坚韧的生命线，喻象精切。作者继续飞驰诗意的想象，由"线"引出了"装订"，在结句说：黄河这条生命线装订了五千年。"装订"这个动词用作谓语，既使主语"黄河"成了生命力充沛又有创造智慧的巨人，又使宾语"五千年"由抽象化作具象，化作天地间一部记载着五千年文明发展历程的皇皇史书。"装订"还表现出黄河奔腾的动感，它与"史""篇""线"连接呼应，使全诗结构严谨，浑然一体。它可谓一篇之诗眼，光芒四射。诗人光未然的歌词《黄河颂》，由音乐家冼星海作曲，亿众传唱不息，可与此诗对读。二诗皆蕴涵深厚，《黄河颂》气势磅礴，意象雄伟飞动；这首《黄河》纳须弥于芥子，极精练浓缩。可见，白话新诗与传统诗词各有优长。

石长发《山村农家》

畅饮山泉水，趟行蛙语中。
晚霞移室内，为我作屏风。

陶文鹏点评：

  诗人去山村农家做客。前两句写路上。他畅饮山泉，趟行在蛙语声中。山里清爽幽美的景色环境，诗人快乐的行为神态都跃然纸上。后两句写他已到农家。不写他观赏窗外晚霞，却用拟人手法，说晚霞移入室内，为他作绚丽的屏风。农家待客的热情，客人的舒心惬意皆于言外见出。"晚霞"一联，奇思妙想，饱含情意，天然工妙，可与宋人王安石的"两山排闼送青来"（《书湖阴先生壁》）媲美。唐代诗人刘长卿的五绝名篇《逢雪宿芙蓉山主人》云："日暮苍山远，天寒白屋贫。柴门闻犬吠，风雪夜归人。"刘永济先生评曰："将雪夜宿山人家一段情事，描绘如见。"刘、石二诗情调、意境各异，但题材、体裁、章法以及前联用白描都相类似。笔者以为也可借用刘先生之语评石诗："将傍晚做客山村农家一段情事，描绘如见。"

2014年第6期

孔祥元《问雨》

人往高楼上，难闻淅沥声。
欲知前夜雨，须问最低层。

陶文鹏点评：

古代诗论家说过，诗贵有内外意。诗的内外意大多是诗人运用象征获致的。艾青说："象征是事物的影射，是事物相互间的借喻，是真理的暗示和譬比。"此诗字面上说，人往高楼上走，电梯层层，帘幕重重，就很难听见夜雨的淅沥之声；你想知道前夜下什么雨吗？那就得走下楼来，向最低层的住户询问。此即诗的外意，是作者亲身体验内心感悟到的生活真谛。虽属小事，但写得清新自然，兼有象趣、情趣与理趣，宛若雨后绿荷上滚动的小水珠，那么晶莹可爱。但作者并非只是写听雨、问雨，他不过是借此日常生活小事作为象征，来影射、借喻与暗示做领导之道，为政之理，即：做领导的必须走下高楼，走到社会的最底层，才能听到老百姓的心声，进而为他们排忧解难。此即诗的内意。元人杨载《诗法家数》说："诗有内外意，内意欲尽其理，外意欲尽其象，内外意含蓄，方妙。"此诗做到了。法国象征主义诗人马拉美有一句名言："说出是破坏，暗示才是创造。"此诗通篇象征，诗的内意始终是由外意隐喻着、暗示着，并未直说出来，所以有创造性，耐人寻味。

王骏《夜宿庐山176号别墅》

月明如水总难眠,似见铮铮挺铁肩。
叹息元戎何处去,松风夜夜啸窗前。

孔汝煌点评:

这是一首凭吊诗。以即事即景联想,一气呵成。不涉评价,而人心向背不言自明。抒情绝句神理全在情感之变化;首句起说心潮不眠,次句承扬崇仰之情,三句转折至沉痛之问,四句结以不平之鸣;伴随情感波澜而变换语气语势:由一、二句冷峻陈述转为三、四句的深情追问与叹息。由此作可悟绝句心法。四句"夜夜"似以"一夜"为更能照应首句并体现真切。

2014年第7期

何运强《外出打工》

踏碎天涯日月光，肩挑希望汗花香。
夜来读破家人信，乘坐鼾声返故乡。

田子馥点评：

这首明白如话，不难理解，只是思维方式很独特，需要着力说明。月光可以"踏碎"，汗花可以"肩挑"，鼾声可以"乘坐"，这不是语言方式的精妙，而是思维方式的精妙，诗人以超凡的想象思维，打破网格的现实，展现出人的神威。诗人将世界上万类万物都看成生命活体，全能信息的活体，光、味、声音，都是可以触觉、嗅觉、听觉自由转换的物体。所以月光可以用脚来"踏碎"，汗花的香味可以用肩来挑，鼾声可以转换成舟车，可以"乘坐"之上返回故乡的。尾句是诗的重心，表达了打工者怀恋故乡亲人的感情。何运强在《秋收》一诗中有这样的诗句："玉米堆金灿灿黄，一车沉甸载秋光。弯弯小路如缰索，牵着毛驴碾夕阳。"同样的思维方式："秋光"可以用车"载"，"夕阳"可以用车"碾压"，抒发丰收喜悦的心情。所有想象思维都有夸张、神思的色彩。李白说"白发三千丈，缘愁似个长"，"两岸猿声啼不住，轻舟已过万重山"；李清照："只恐双溪舴艋舟，载不动，许多愁"；陈与义："明朝酒醒大江流，满载一船离恨向衡州"等，都是超越现实时空的宇宙思维。《严华经》说："于一微尘中，悉见诸世界"；英国诗人布莱克在诗中写道:"在一粒沙中,见到全世界;在一朵野花中,见到天堂;将无垠,握在掌中;见永恒,于刹那。"历来中国诗人讲感悟思维,诗不是对现实的模仿,有感觉,便是诗。冯友兰先生论诗有两种:说有止于技的诗和进于道的诗。以可感觉者表现可感觉者,是止于技的诗;进于道的诗则不然,它能用可感觉者表现不可感觉者,甚至是不可思议者。什么是止于技的诗,似乎较易了解。止于技的诗只带给读者字面上的具体事物和有限联想,不能再多。好的诗词作品给人的不只是这个诗词本身,而是一个世界。而何运强的诗,则是"进于道"的诗。使读者离开字面而产生无限联想的诗,是真正的诗。

2014年 第8期

黄小甜《【中吕·山坡羊】张家界"金鞭"传说》

言山也罢，言溪也罢，湘人千古传佳话：巨鞭拿，大山爬，拖泥带水长城下。嬴政强权随意耍，权，亡去啦；山，还在呀！

田子馥点评：

黄小甜熟练地掌握了小令"中吕·山坡羊"这种曲牌规律，并以自然、平实、轻松的语言，抒发了曲的韵味，诙谐，幽默，讥讽，具有强烈的感染力。核心在于破解"金鞭"神话传说：秦始皇手执金鞭赶山，扩大地盘的阴谋。整个小令由两句构成，每一句全在俏皮的尾字：第一句叙述"金鞭"形成的过程，两个"罢"字就是不准确的传说意味，"拿""爬""拖泥带水"几个口语词，就言外之意把神话的虚无性刻画得淋漓尽致，神话都是人造的；第二句描写神话的本质，"随意耍"三字，把秦皇玩弄强权的手段描写得惟妙惟肖，最后八个字在"权"与"山"对比中，刻下了自然宇宙千古不变的大结局："权，亡去啦；山，还在呀！"凡玩弄强权者没有一个不想"长生不老"的，可是世界上真正长生不老的只有"山"。"啦""呀"两个语气词用神了，用轻蔑而肯定的语气来揭示人间的哲理，具有强烈的讥讽意味。这首小令仅用43个字，既写神话，又映照现实，既写神话过程，又阐述了自然宇宙的深刻哲理，内涵极为丰富。

2014年第8期

雍文华《沁园春·山海关》

辽左咽喉,京国屏藩,第一城楼。看龙行南渤,鱼吞北斗;云含曙色,月趁潮流。海曲仙居,天边蜃市,万国梯航作胜游。风光好,是天开图画,惠我神州。　　沧桑往复回眸,说不尽人民多少愁。叹秦皇楼舰,沉身水底;唐宗铁甲,埋镞平畴。明患倭奴,清豫海禁,如此江山怎自由?从今后,计安危祸福,还费筹谋。

刘扬忠点评:

雍文华先生的这首《沁园春》,是一首政治抒情词。作为政治抒情词而丝毫不沾染过去的某些"标语口号式"的习气,而只是用艺术化的景物描写和精辟简要的议论来表达自己的政治历史见解,是此词主要的成功之处。我知道文华先生三十六年前是"文革"后的第一届研究生,当初学习的专业是中国古代文学史,难怪他这首词既有开阔悠远的文学境界,又有准确而深沉的历史感与时代感;"秦皇""唐宗"等句子,又让人联想起,这是灵活地学习了毛泽东主席《沁园春·雪》下片的那些精辟的议论。

2014年第9期

赵西林《调笑令·亚马勒铜像拆除》

铜像，铜像，策马挥刀骁将。马蹄踩躏澳门，刀闪血喷烈魂。魂烈，魂烈，终教铜人倾跌。

刘扬忠点评：

这首很好地表达反对西方殖民主义、热爱社会主义祖国的政治主题的小词，是原贵阳市副市长赵西林同志写的。据作者在此词的注释中所言："亚马勒是葡萄牙派驻澳门的第一任总督。在澳门曾屠杀过武装抗争的中国同胞。1996年我访问澳门时，友人告诉我，亚马勒铜像于1993年被拆除运回葡萄牙。"我阅读过西林同志已经出版的《栖霞书屋诗词集》，知道他写诗填词善于根据所抒发的内容来选择诗体和词牌。试看他选择的这个小令《调笑令》，其所规定的句型长短、韵脚变换、语词颠倒和平仄安排等形式因素，使作品在节奏、音响、意象上都造成强烈的效果，对殖民统治者下场的辛辣嘲讽，对浴血抗争的烈士们的虔诚祭奠，也都随着节奏自然流露出来。此词对澳门回归祖国的赞叹，虽不着一字，却在言外含蓄地透露出来。我推测，这个事件如果换成律诗、绝句等体裁来写，就会平淡得多了。

2014年第9期

沈利斌《卜算子·偶得》

手上伞如花,心上花千朵。记得当时春雨浓,记得当时我。
伞已不知春,花已尘中堕。忘了当时燕语柔,对影思如果。

周啸天点评:

这是一首言情之作,回忆往日的一桩情事。有一首流行歌词说:"我们在伞下如此执着凝望,爱与割舍来回碰撞,想牵手走不同的方向是捆绑,我们在伞下准备失去对方,带着了解微笑和泪光,我会祝福你伞外的世界有一片蔚蓝。"读者可以通过自己的想象,填补一下词中的空白。这首词写的就是"失去对方"之后,重温旧梦,而产生的遐想。这首词最好的一句就是"对影思如果",古人没有这样说过。但人人都会有这样的经历。写来唱的词,贵在口语化,这首词也是好例。

2014年第10期

周啸天《邓稼先歌》

炎黄子孙奔八亿，不蒸馒头争口气。罗布泊中放炮仗，要陪美苏玩博戏。不赋新婚无家别，夫执高节妻何谓！不羡同门振六翮，甘向人前埋名字。一生边幅哪得修，三餐草草不知味。七六五四三二一，泰华压顶当此际。蘑菇云腾起戈壁，丰泽园里夜不寐。周公开颜一扬眉，扬子发书双落泪。唯恐失算机微间，岁月荒诞人无畏。潘多拉开伞不开，百夫穷追欲掘地。神农尝草莫予毒，干将铸剑及身试。一物在掌国得安，翻教英年时倒计。公乎公乎如山倒，人百其身哪可替！号外病危同时发，天下方知国有士。门前宾客折屐来，室内妻儿暗垂涕。两弹元勋荐以血，名编军帖古如是。天长地久真无恨，人生做一大事已！

王蒙点评：

> 炎黄子孙奔八亿，不蒸馒头争口气。
> 罗布泊中放炮仗，要陪美苏玩博戏。

点评：读此四句吓了一跳，莫非周老师油腔滑调起来？

> 不赋新婚无家别，夫执高节妻何谓！

点评：何等悲壮！"两弹一星"元勋邓稼先顾不上为新婚作赋，还没有营建出一个小家来，就上了大西北国防科研前线了。从前四句的不以为意，一下子跳到这样的悲壮中来，多大的气魄与笔力！

> 不羡同门振六翮，甘向人前埋名字。

点评：同窗学友，展翅高飞，誉满全球，邓稼先则甘愿隐姓埋名，为国奉献。老王我读之垂泪，并坦承自己委实做不到。

  一生边幅哪得修，三餐草草不知味。

 点评：老王顿足拍案，击节赞叹。话说得如此准确生动新鲜朴实。一代人的奉献精神，全付其中，用字俗而又俗，反成绝唱。

  七六五四三二一，泰华压顶当此际。

 点评：诗胆包天！几个数字，把读者拉回到"两弹一星"试验时令人揪心的倒计时场面。

  蘑菇云腾起戈壁，丰泽园里夜不寐。

 点评：说的是中南海，是毛主席，是咱们20世纪的艰辛历程。回到了当年，谁不动心？谁不洒泪？

  周公开颜一扬眉，杨子发书双落泪。

 点评：接着是周总理，怀念，敬佩，俱往矣，至今令人壮怀激烈。书是指杨振宁先生的信。老王惭愧，是1993年在美国哈佛大学得赐杨先生签赠的书，才首次得知了他的同窗好友邓稼先的事迹。

  惟恐失算机微间，岁月荒诞人无畏。

 点评：诗人没有忘记岁月的某些荒诞处，然而，仍然有邓稼先，有伟大的成就，伟大的人格，仍然泼不脏，抹不黑，哄不倒！

  潘多拉开伞不开，百夫穷追欲掘地。

 点评：当然有失败后才有成功。如果一失败就一齐去啐唾沫，这个民族只能完蛋，万劫不复。

  神农尝草莫予毒，干将铸剑及身试。

 点评：是谓邓稼先的人格自可与神农氏、干将莫邪同光。周诗非无古雅处。

　　　　一物在掌国得安，翻教英年时倒计。

　　点评：读之大恸！"七六五四三二一"的倒计时如今用到了邓稼先的寿命上！

　　　　公乎公乎如山倒，人百其身哪可替！

　　点评：虽有千万人，不及邓公身！公乎公乎，如闻号啕！人民没有忘记他！还有歌者周啸天！

　　　　号外病危同时发，天下方知国有士。

　　点评：此二句如雷如电，震耳欲聋！读到此句，能不动容？

　　　　门前宾客折屐来，室内妻儿暗垂涕。

　　点评：如临其境，如感其情。哀之，钦之，咏之，叹之。

　　　　两弹元勋荐以血，名编军帖古如是。

　　点评：诗中有血，句中有泪！让我们缓缓脱下帽子，重复这两句激越绝伦的诗句，向邓稼先致敬！

　　　　天长地久真无恨，人生做一大事已！

　　点评：诗人歌颂了记载了做成一件大事的邓稼先，也写就了一首大诗，差可无恨。诗而古体，或可有更多的古色古香与更好的炼字炼意，但更感人的是它的精气神！那么，让我们大家都以邓稼先为榜样，做成一两件令人无憾的事情吧。

2014年第10期

耿运华《清平乐·致青奥健儿》

激情似火，演绎青春我。何惧拼搏无硕果，只要认真活过。人生切莫徘徊，是谁掌握将来？今日与君分享，鲜花汗水浇开！

潘泓点评：

有一类诗词，让人读后能精神振奋，叫作"励志诗"。《清平乐·致青奥健儿》看似是写给参加南京青奥会运动员们的，但其内蕴已进入哲学思考的层面了：人生即是运动场，故"何惧拼搏无硕果，只要认真活过"；更进一层，由此感悟到"人生切莫徘徊，是谁掌握将来"；所以结论是"鲜花汗水浇开"。这样的思索，不仅能激励"青春我"，也能激励"中年我"或者"老年我"。于老马是"老骥伏枥、志在千里"，于老牛则是"不用扬鞭自奋蹄"了。作为励志诗词，这首词意蕴明了，音节铿锵，浅近中有深味。有一首叫《步步高》的流行歌曲，中有两句歌词："世间自有公道，付出总有回报。"与这首词的意蕴很是相近，歌词、诗词，其内理是相通的。

2015年第2期

于霞《鹧鸪天·重返西大岭知青点》

水转山根风入松,绿原芳草意融融。重归西岭羊肠路,难忘北坡茅草棚。　人寂寞,月朦胧,几多壮志笑谈中。天涯数载韶华梦,留在青山最顶峰。

高昌点评:

读这首词感受到一种静水流深般的从容和沉郁,却又别有一份慷慨豪迈的铿锵韵律。作者采用的是不疾不徐的恬淡笔调,营造出来的却是炽烈浓郁的宏阔情感空间。全词不拗口,不矫情,文辞质朴而情志高迈。上阕伴随着视角变换而平稳陈述,如白云一朵从岁月深处缓缓地飘然而来;最后两句画龙点睛的精彩感叹,则于心潮起伏之际突然收束全篇,宛如惊雷一振,唤起万千回响。梦本来是看不见摸不着的,而通过作者富有质感的生动描述却又历历在目,真切感人。壮丽的年华,沸腾的热血,滚烫的激情……所有所有,似乎都在蓦然回首的盈盈泪眼之中了。起有波澜,结有余音。格高情挚,语浅意深。回眸一梦,别样青春。此词允称佳作也。

2015年第3期

韩秀松《受聘南水北调沧州支线工程监理》

花甲出山技未生，一腔豪气自升腾。
发苍两鬓毛新染，笔短半截铅不空。
余勇尚凭操弩手，老船重借鼓篷风。
诸公莫笑廉颇老，愿捧斜晖入彩虹。

潘泓点评：

一般来说，成功的作品首先要题材好，再就是切入的角度要好。南水北调，是大题材。这样的题材怎么切入，有经验的人常常是"大题小作"。首先，作为一位老工程技术人员，作者是用第一人称写个人所感和参与的过程，让人透过真情真事看到了这个工程的具体场景，感受到了时代的脉搏，"大题小作"让读者能"小中见大"；其次是写情真，已"入山"了又"出山"，参与了这个伟大工程，作品的首尾两联遥相呼应，满腔豪情跃然纸上；再就是写事真，"发苍两鬓毛新染，笔短半截铅不空"，这样的场面，坐在家里是写不出来的，独到而真实、形象、鲜活，因此作品就有了感染力。这首诗的虚与实处理得不错。惟觉末句的两个动词"捧、入"还有酌调提升的空间。

2015年第3期

张景芳《油灯忆》

半桶麻油点一冬,母亲深夜把衣缝。
休言灯火细如豆,却在童心梦里红。

刘庆霖点评:

诗并非正面写油灯,而是通过写油灯,从侧面入手写了一段往事。首先,诗中运用了对比手法,调动时空转换。"半桶麻油点一冬""休言灯火细如豆",即是说:那时的油灯非比现在的电灯,那时的昏昏灯火非比现在的灿灿灯火。并且以对比写区别,以区别写形象,虽然粗略,却觉清晰。其次,诗写往事,以情感人。题目虽是《油灯忆》,但"母亲深夜把衣缝"喧宾夺主,成为中心意象。正是因为看到母亲在油灯下,常常辛苦地缝补贫穷的日子,才感觉到那时的油灯依然红在童年的梦里。其三,作者是怀着一种感恩之心写这首诗的,感恩是诗之缘起。诗心,常常是一种感恩或感动之心。感恩油灯,感恩母亲,感恩那个年代。在作者看来,麻油灯虽然不是先进的物件,但它承载着美好的记忆和情感,人生要知道感恩,学会感恩,记住感恩。唯知感恩,方不忘本,方不迷途。尾句"却"字改为"常",似更佳。

2015年第4期

韦勇《沁园春·今我来思》

不会相思,却害相思,怎解相思?但冻云堆聚,连天别恨;寒枫零落,遍地秋思。恼月空圆,厌琴独乐,风起无端惹念思。凭栏久,试将些恩怨,酒后寻思。　　昔年哪懂深思,忍羞涩、说穿那意思。更漓江痴守,一川烟雨;西街盟定,几世情思。叵耐离分,倏忽远去,未把蓝图早构思。风露下,被黄花笑我,顾影徒思。

胡彭点评:

年轻的情感,敢爱敢恨敢说。洋洋114字独木桥体长调,只为写一个"思"。独木桥体词古已有之,但因为独韵到底,显得单调且缚手缚脚,所以写的人不多。然而如果积累够足,情怀够厚,偏也能险中得趣。此调中相思、秋思、寻思,念思、情思、意思,情景互联,层层旋进,载沉载浮,见恋见悔,写尽缠绵纠结的初恋情怀。最妙处是这等蚀骨情怀,却被末拍那历尽风霜的黄花笑了去!一声徒思,别了相思,成了诗思。兀地不闪杀少年人也么哥!兀地不赚杀少年人也么哥!韵简情真。只是那秋那酒那凭栏,却是被人写熟了的。期待作者日后再整相思,别具文思,更得清新妙思。

2015年第4期

王晓龙《阴山早春》

塞上春回花欲开，烟融残雪润苍苔。
满山绿色拦不住，总借东风扑面来。

欧阳鹤点评：

阴山在内蒙古中部，冬季很长，冰天雪地，异常寒冷，春来不易。此诗描写了阴山的早春景象：春风拂面，绿叶满山，百花已含苞待放，融化的残雪润湿了苍苔，可谓诗情画意，赏心悦目。特别是诗的后两句以"拦不住""扑面来"这样强势而又对立的语言说明了一条自然规律：无论冬季多么长，天气多么冷，春天终究要到来，这是任何力量也无法阻拦的。进而可以推断，真正的新生事物，在其刚出现时，可能会饱受摧残，历经曲折，但因其具有强大的生命力，最终必将战胜困难，取得成功。这就将此诗提高到哲理的高度。但此诗也有缺点，诗的后两句明显是宋叶绍翁《游园不值》后两句"春色满园关不住，一枝红杏出墙来"的套用，缺少新意，而且在遣词、造句、设境方面还有些问题：一是"拦"字本来是很强势的语言，但全诗找不到阻拦春天到来的形象，使"拦"字坐空，这就大大减弱了它的力度，不像叶诗中"关"字是以第二句"小扣柴门久不开"作为铺垫，使"关"字形象非常突出，从而与"关不住""出墙来"形成强烈的对抗，对读者的感染力极强。二是末句句意失当，东风即春风，饱含春意，"东风扑面来"本是佳句，但前面加了"总借"两个字就有问题了，春意可以随风扑面，香气可以随风扑鼻，"绿色"如何"借风""扑面"呢？此外，此诗第二句中的"烟"字指什么？如果指烟尘，会破坏早春的美好形象，也欠妥。

2015年第5期

周建良《春游》

笑踏烟岚紫雾熏，百花相拥几欢欣。
一双足似量天尺，丈罢青山丈白云。

林峰点评：

四围烟岚纷起，紫雾氤氲；周遭山花吐蕊，群芳竞艳。好一派明媚春景，烂漫春光也。此景此情焉不醉人眼目，动人心神，又焉不使人诗绪翻滚，诗情喷涌。起承两句虽语意皆平，但状景在眼倒也贴切自然。妙在转合之际，佳构出矣！"一双足似量天尺，丈罢青山丈白云。"足为人体之撑持，双足不全则难以自立于天地之间，双足不健则不得跋涉于山川之上。惟足可量天，似闻所未闻，鲜之又鲜也。此诗人之奇想，如天外飞仙，灵光闪动。不惟如此，丈罢青山复丈白云，令人顿觉凌空迈往，浩气弥天。诗人志向之远大，气魄之宏伟，直可分云破雾，抱月冲霄。"夫情景相触而成诗，此作家之常也。或有时不拘形胜，面西言东，但假山川以发豪兴尔。"（明·谢榛《四溟诗话》）。此诗虽未面西言东，但豪兴在兹，洵为戛戛独造之好言语尔。

2015年第5期

黄灏《从医感怀》

悬壶一步一沉吟,扛久是非肩不禁。
惯看人间生死泪,方知世上喜悲心。
襟怀虽淡名和利,铜臭偏污药与针。
相对惟凭梅解语,白衣之下味深深。

胡彭点评:

读这首诗,跟随着一名医生的沉重脚步,悬壶,治病,却在是非圈中疲累到"肩不禁"。医患关系的紧张,医药价格的高企,病不起死不起的冷幽默……"我"都知道,但"我"不得不接受。作者从标题开始,把当今从医者的环境状态和良心矛盾加以描述剖析,首颔颈尾四联各有承载,层层推进,最后收在前三联铺叙完成的无可奈何、无人可语、只剩对梅自问的情境中,予人婉转感受到"我"的"欲洁何曾洁"的矛盾心境,反而更见悲凉。这首诗格律谨严,措辞通俗,是首完整的感事之作。之所以编在"刺玫瑰"栏目下,是因为其中浓重的对时弊的针砭味和不得不妥协的无力感。"襟怀虽淡名和利,铜臭偏污药与针","我"在其中,"我"的人格追求和对现实的无奈也在其中。其中有刺,刺向时弊的同时也刺向自己。是一首符合格律诗审美的感讽诗,一朵带刺的玫瑰。只是"惯看"和"方知"二词还可精炼,末句的"味"字也多义易歧,或可另拟。

王金《高空电工》

我欲青春绽火花,朝擎旭日晚牵霞。
豪情更在青云上,总把光明送万家。

宋彩霞点评:

这首诗应该是"格高、意到、语工"的成功范例。"诗先看格高,而意又到,语又工为上。意到语工,而格不高,次之。"(方回《瀛奎律髓》)首句"我欲青春绽火花"起得突兀,诗家语。二句"朝擎旭日晚牵霞"承接上意,意趣超远,乃使生气灵通。三句"豪情更在青云上"一个"更"字点明主人公意志与决心。"青云上"呼应诗题"高空"。结句"光明"与首句"火花"对接,收束自然。结句收束上文者,正法也,与"曲终人不见,江上数峰青"异曲同工。景无情不发,情无景不生,情景虽有在心在物之分,而实不可离。作者把景中情、情中景巧妙结合。"青春绽火花"无理而有理,"豪情更在青云上"自然是喜达行在之情,情中景尤难写,作者含情而能达,会景而生心,物体而得神,则自有灵通之句。本诗章法可谓以题参诗,意诗按题,观其起结,审其顿折,下字琢句,调声设色,真是得力,然后旁推触类,一以贯之,仰观豪情,高下在心矣。"人所易言,我寡言之,人所难言,我易言之,自不俗。"(姜夔《白石道人诗说》)难说处一语而尽,易说处不放过;僻事实用,熟事虚用,说理简切,说事圆活,说景微妙。诗友多看自知,多作自好矣。

胡成彪《春过千灯镇》

莺啼声里访千灯，嫩柳新吹雨后风。
深巷梅花知客到，清香溢满小庭中。

胡彭点评：

千灯镇，一个引人遐想的地名，虽不知何所，但一看这名，便有摇曳的、温柔的、连串成阵或高或低的灯盏在眼前浮动闪烁，透明而梦幻。加之春过千灯，必然美丽倍增。果不其然，莺声，嫩柳，新风，初霁，梅花，清香……诗人不吝溢美，相关早春的美词具象差不多都给了这个小镇。于是春风扑面，28个字写千灯镇之春，色香味形声俱全矣。诗人慧心，既占天时地利人和，当谋佳篇美什；况且早春声情风物，俯拾皆是，所以作者没有辜负良辰美景，满纸春风信手拈来，为读者锁住那时春色、那时情味。至于起句由莺声入，由嫩柳入，由深巷入还是由梅花入，尽可以随心所欲，只要扣住题意，梳理有序，层次清晰，浓淡得宜，便是一首清新可喜的小诗。但也或许太陶醉于斯景斯物，修辞时便显得匆忙。其实，一首诗的标题和正文之间应是有机联系的，善用标题，可以释放出容量空间给正文。这首诗前有标题高悬，后有"知客到"，起句的"访千灯"便觉多了。如果此处能采撷到独具地域特色的景语情语，千灯镇的形象将更鲜明。

2015年第8期

张小红《咏农》

堤边三亩地，旱涝每牵心。
雨后勤锄草，霜来细护根。
施肥忙月夜，浇水趁星晨。
寒暑收非易，归仓粒粒珍。

潘泓点评：

作品文字平易而寓情颇深。立意可见《悯农》的影子，也可看作是《悯农》的展开版。首联开门见山，"三亩地"是概言之，于农民而言，无论几亩，都会因"旱涝"而"牵心"。中二联更用赋的手法，取"雨后锄草"等四个农事，渲染农民的辛勤，此二联四句几无一闲字，像"勤、细、忙、趁"下字也见经过了作者斟酌。结联，承"辛勤"之意，发"收非易"之思，出"粒粒珍"之议。进一步阐发了"粒粒皆辛苦"诗意。作品寓思和取象、下字值得肯定，但还有不足而可酌升处。如运笔偏平稳，因挖掘不够而新意稍乏；谋篇方面，中二联四句在一个平面上，是并行的结构，颈联没有荡开（当然诗无定法，这里是就一般方法而言）；再就是要注意句子的节奏，如作品的中二联四句，五个字都是"二一二"，有些雷同，如能错落之当更好。

2015年第8期

杨清《蜘蛛》

世道精通技不穷，八方牵线网凌空。
打劫莫问疯狂态，挂靠高檐任纵横。

胡彭点评：

一定有什么让诗人杨清联想到了网上的蜘蛛，或者，诗人杨清看到蜘蛛和它的网一定联想到了什么。是谁"八方牵线网凌空"？是蜘蛛。为什么要"八方牵线网凌空"？因为它要打劫猎物。为什么能"八方牵线网凌空"？因为它挂靠高檐关系复杂，空间广大纵横无碍。于是诗人写了蜘蛛，用诗笔活画出一幅结网大嚼图。但诗人只是刻画蜘蛛吗？显然不是。"八方牵线网凌空"的家伙，在物为蜘蛛，在事为精通世道的谁谁。它有网，他也有网；它挂得高，他也挂得甚高；它在网上捕猎，他也在网上捕猎；它吃相难看，他吃相也不雅……物事非一而其理一也。诗人状物象形，绘影绘声，借A指B，托物寄意，直指我们生活的这个社会的某些丑陋现象。相信很多人看到蜘蛛捕食撞网昆虫的场景都能联想到结网打劫的某些世事，但是杨清却把它写成了一首入情入理入骨的讽刺诗。若要摘瑕，二三四句是蜘蛛，唯第一句"世道精通"距离蜘蛛太远。托物寄意的作品，只要诗人笔下能够把此物的形与神写出来即可，至于所指所寄，读者自然会意。

2015年第9期

周铭耿《拓荒》

翻开山麓地，种植豆和瓜。
偶有松杉籽，随春共发芽。

刘庆霖点评：

诗虽小，读来却令人激动，且是近期少有的激动。总体感觉是语出自然，想落天外。"翻开山麓地，种植豆和瓜。"按一般人的写法，下面应该说豆和瓜如何丰收……但作者却一反常人想象，转结用"偶有松杉籽，随春共发芽"。别开新境，引人远思。这里的起承与转合呈Z字形展示，而非正常的O字形，即转合之语似乎脱离了起承之"意脉"，而妙处却在于"离脉而扣题"。新"偶有松杉籽，随春共发芽"，这才是真正的"拓荒"。这不禁让我想起元代画家高克恭的《松涛轩题画为邓善之》："春雨欲晴时，山光异烟翠。林间有高人，笑语落天外。"周诗就让人有"语落天外"之感。小诗同时还让人感受到了大自然的生机和生命力的顽强，以及人与自然的和谐。作者在种田或看见他人种田的同时，也看见了大自然的力量，看到了万物之心，实在难得。最后要说的是，小诗语言平实朴素，已近化境。这也是一些人追求的"无一句是诗，而无一句不是诗"的境界。

2015年 第9期

张明新《天柱山狂想》

带梦寻诗黄海边,胸中块垒眼前山。
我来恨不成天柱,撑起神州一角天。

宋彩霞点评:

该诗可以用十六个字概括:"起得美丽,承得嵯峨,转得浩荡,结得响亮。"这诗能不好看吗?"黄海边"三字点明了此天柱山非安徽安庆潜山县西部的天柱山,而是山东枣庄市峄城区南偏东十五里的天柱山。该山虽小而秀,四周峭绝,嶙峋苍翠,平地崛起,卓立若笋,屹然独处,不与群峰为伍,因而被世人誉为"峄县之望山也"。作者为了寻诗来到了这里。第二句的"胸中块垒",比喻郁积在心中的气愤或愁闷。这愁闷与眼前的山相互交织,到底会发生什么呢?吊人胃口,承上,起下,设下埋伏。三句"我来恨不成天柱",乃痛快语。呼应主题"狂想"。结句"撑起神州一角天"最是响亮。宋朱熹经过宿松长江江面时大发感叹:"屹然天一柱,雄镇翰维东。只说乾坤大,谁知立极功。"余读"我来"句,想起吉鸿昌就义诗:"恨不抗日死,留作今日羞。国破尚如此,我何惜此头!"以上两例均异曲,但在境界上却同工,八度和弦。

2015年第9期

寒昱《步杜牧韵记妻子网购》

鼠标轻点货成堆，店铺如林日夜开。
快递敲门妻子笑，海南芒果带风来。

潘泓点评：

这首诗告诉人们，写反映时代新事可以这样写：一是用参与者的角度写，笔触才能朝深里挖，抒发也更有空间，更能让人共鸣。这样较之以旁观者身份只能平面、表层地描述，高明得多。二是力求让作品富有动感，能呈现出一组鲜活的画面。这首诗第一句写如何网购，事新且写得生动；第二句写网上，只有网店才能"如林"且"日夜开"，事新且奇；第三句写货到后的情景，有人物，有动作，见情态，一句诗中有许多画面；第四句，写出了网购的快捷便利，赞时代进步之意，不言而可见。作品不仅构思巧妙，还可见总体安排得当。三是要善于从一般性事物中，捕捉有美感的意象入诗。网上商品何其之多，但作者抓住并写出来的是水灵灵的"海南芒果"，不仅如此，这水果还是"带风来"，水果新鲜，诗也新鲜！步前人诗韵，要在能翻案、能出新。杜牧《过华清宫绝句三首（其一）》是："长安回望绣成堆，山顶千门次第开。一骑红尘妃子笑，无人知是荔枝来。"两首诗字面上都说了送物须"快"，而内里所寓的东西，杜牧诗是鞭笞，寒昱诗是赞美。这样的安排，也值得品味学习。

周泽安《论书》

挥毫泼墨走龙蛇，碑帖无知乱画花。
写到世人都不识，居然书国属名家。

胡彭点评：

套用一句网络流行语："读了这诗，我也是醉了。"作为读者，我共鸣。这世界，这眼下，类似这种"居然名家"的事，实在太多，多到令人懒得感慨了。可是诗人还是没能按捺住情绪：在那些忙着舞龙舞蛇的"名家"们的旁边，我听到诗人的冷笑，冷笑这些人"碑帖无知"就敢"乱画花"；冷笑当今社会识才选才的理由居然是"世人都不识"……诗人用他沉稳冷峻的笔调，不客气地撩开那些貌似"拈如椽笔如拾草芥"的"名家"们的唬人架势。"挥毫泼墨走龙蛇"用论书习语写"书法家"的动静能走龙蛇必是大家喔！紧接着第二句第三句口语直斥，一把就扯掉那些貌似笔走龙蛇的人身上的华丽衣冠，让劣货本色一丝不挂曝露人前。末句"居然"二字，直击当今社会弊病，人为的故意或者无知，造就这些鱼目混珠者成名成家挂高枝卖高价，入木何止三分！整首作品讽刺意味浓厚，直接打脸，不留情面。唯语言过于质直，有诗味不足之嫌。

梅关雪《西江月·婉娩流年》

往事蹉跎成褶，流年婉娩如绸。手中滑过是温柔，抚却层层褶皱。　　应信绝无寂寞，一如从未忧愁。烟花影里我回眸，恍听春风问候。

潘泓点评：

"婉娩"一词有几个意思：柔顺貌，柔美、美好，委婉含蓄，天气温和。不管哪个意思，与"流年"搭配起来，都能让时光有美感。词的起拍，更让时光有柔顺的手感了。作品把似水的流年写得如实物，婉娩温柔。过去的日子，七彩百味，原来都如此可爱。这个"我"可能是盛夏的我，也可能金秋的我或者深冬的我，但是你若回眸，或者能恍惚听到"春风问候"。有的诗词，它所渲染的情绪，它让人读后的感觉，只可意会，不能言传。像雾不是雾，像风不是风，它存在但你只能感受不能掌握。它不仅仅是手法"婉约"与"含蓄"，它是从诗人心野里飘出来的雾与风，不必真的要从这样的作品中握住什么，能从中感受到"美好"就行了。

2015年第12期

李元洛《登慕田峪长城》

长城飞舞入云烟，千里来登耄耋年。
我与夕阳俱未老，壮心同在万山巅。

星汉点评：

李元洛先生乃诗词鉴赏大家，星汉于此哓哓置喙，心有惴惴焉。为便于理解，读者先看此诗的时间、地点和人物。这首七绝载《中华诗词》2015年第11期。李元洛先生，1937年生，湖南长沙人。慕田峪长城位于北京市怀柔区境内，依山就势，以险制厄。耄耋，犹高龄。倘作者登慕田峪长城的时间，距发表诗作的时间不远，元洛先生当近八十了。"不到长城非好汉"，老年至此，自有一种自豪感。此诗佳处在于含蓄蕴藉，曲尽其妙。"长城""夕阳""万山"，相对是静态的，但作者却赋予它们人的情感，使之活动起来而服务于作者的心绪。由"飞舞"见其长，由"入云烟"显其高。作者"千里来登"，且在"耄耋"之年，当然老了；"夕阳"西下，当然也"老"了，作者移情及物，偏偏说两者"俱未老"，"壮心"犹在"万山"之上，这是何等的气魄。此诗后两句没有"数峰无语立斜阳"的孤寂，见到的却是"苍山如海，残阳如血"的豪壮。此诗结构安排颇费心思，起承转合，富有变化，耐人寻味，启人遐想。倘笔者强作解人，潜台词似乎在说：夕阳无限好，虽然近黄昏，但是孕育着更加灿烂的明天！

2016年第1期

令狐安《有感》

谣言满耳竟成真,亿万脏钱计论吨。
脑子绝非忽进水,道德应是久沉沦。
升天鸡犬齐淘宝,下海亲朋共敛金。
心口不一人两面,言行扭曲丧灵魂。

李树喜点评:

这首时事讽喻诗,以"有感"写众所关心的反腐败话题。其起句即不凡:"谣言满耳竟成真"——难以置信的传言竟成了事实:赃款巨以吨计、至有烧坏了点钞机的奇闻。"计论吨"一语,新颖明白,颇有创意。引发读兴,令人嗟叹。作者接着进行理性分析,指出这绝非偶然为之或一时糊涂,而是由于纲纪不振、道德沦丧久矣。中二联叙议结合,对仗工稳。而后作结。通篇起承转合,笔畅意顺,阐发深刻道理于平实之中,有振聋发聩之感。作者近年数写反腐倡廉诗,视野高阔,洞察深邃,形成了自己的特色与风格。处在反腐一线的领导干部有如此震撼与思考,从另一个角度说明反腐倡廉的紧迫与重要。从章法角度,说一点建议:前三联意已足够,结句就显稍平。若设问一下"问君何处寄灵魂"之类,或许提振一下,更有波澜。

2016年第1期

凌泽欣《乌江峡道书所见》

狂湍一泻下川巴，峡口张开露虎牙。
峭壁根悬藤绕树，惊船尾立棹翻花。
山羊稀落人烟少，石径逶迤鸟道斜。
暮色勾留江镇歇，断肠诗句唱天涯。

杨逸明点评：

  人在大自然面前，特别是在急湍瀑流和危崖险壁之前，往往会感到自我极其渺小，这种感觉有时是激奋的，有时是悲壮的，有时是怅惘的。凌泽欣的七律《乌江峡道书所见》为我们讲述了他在乌江峡道中的所见所感。船在激流中行进，眼前的景象惊心动魄，前六句正是形象地写出这惊险的景象。狂湍似下泻，峡口似虎牙，人在船上，见壁悬藤树，棹翻浪花，人烟稀少，鸟道横斜。后两句写暮色苍茫中，船停歇在江畔小镇。游子以此时此刻的心境，不由得会想起"夕阳西下，断肠人在天涯"的名句。前六句写景，后两句收束到人，抒情不多置词，戛然而止，留有想象空间，章法亦自有度。刘熙载《艺概》云："律诗篇法有上半篇开，下半篇合；有上半篇合，下半篇开。所谓半篇者，非但上四句与下四句之谓，即二句与六句，六句与二句，亦各为半篇也。"此诗前放后收，布局甚是严谨，上六下二格式，此亦一例。

武立胜《过敕勒川》

莽原西去路接天，铁盖穹庐水一湾。
玉镜磨平哈素海，巉崖削峭大青山。
九重朔阙浮云碧，万里霜秋染色丹。
幸有风缰堪纵马，轻蹄踏月过边关。

沈华维点评：

诗题古老而现代。敕勒川因北朝民歌"敕勒川，阴山下，天似穹庐，笼盖四野。天苍苍，野茫茫，风吹草低见牛羊"而闻名。在浩瀚如草原般壮阔的诗海中，吊古壮游，抒发感慨，是一大特色，一大亮点，历来名作名人不胜枚举。作者过敕勒川，极目远望，天野相接，面对无比壮丽的景象，思绪万千。首联以无边原野，草木茂盛，大路朝天雄起，风格明朗，境界开阔；中间两联承上画面渐次铺开，碧水如镜，青山耸立，残城旧垒，丹红秋色，更显大气磅礴、豪放阳刚之气。作品展现一幅塞外雄浑、苍凉的壮美图，可谓"篇终接混茫"（杜甫语）。寓景于情，句法运用皆妙，读来耐人涵咏，心旷神怡。尾联抒情，收束有力，是全诗的主题句。经过多层次的渲染烘托，作者时空对接，似乎听到了风中的金戈铁马之鸣，点出了敕勒川的重要地理位置和战略意义，抒发戍边将士"轻蹄踏月"的雄心壮志和责任感。此诗若与唐王昌龄《从军行》七首和《出塞》等并读，或可更觉意味无穷。当然，此诗也有待商榷之处，尚有提升空间。第三联有些凑韵，"朔阙"指向似不明等。如能用力挖掘，别开意象，或许整首作品更加增色出彩。拙见供作者参考。

那成章《卖老宅》

遮风挡雨几十春，小院瓜蔬色色新。
一纸契约和泪立，主人此后是他人。

何鹤点评：

人有许多情结，恋旧、怀旧就是其中不可或缺的情结。这首诗就是典型的怀旧、恋旧之作。起句叙议结合，宏观讲述老宅历史，亦虚亦实；承句从虚转实，特写小院植物果实累累、五颜六色，如在目前；转句主角出场，主人掩泪签订了一纸卖房契约，不舍之情跃然纸上；结句抒情，作者发出感叹：从此以后，陪了我和家人几十年的老宅啊，你就要更名改姓了。诗中表达了作者对昔日老宅的留恋和卖掉老宅的无奈。小诗以情作景，以景补情，情景交织，朴实动人。它像一个故事，交代了时间、地点、人物、事件，让人仿佛置身其中，唏嘘不已；又像一个微缩剧本，用镜头说话，一帧帧画面呼之欲出，扑面而来，让人随着剧情变化而心绪难平。许多时候，当我们失去了，才知道它的珍贵；但又必须失去的时候，那将是一种怎样的痛楚？！作者把一个眼前景、寻常事写得煞是生动！所谓人人眼中有，人人笔下无。谁说不用花哨的语言就写不出好诗？谁说用新韵就写不出好诗？让我们为那成章的《卖老宅》点赞！

胡宁荪《南乡子·乡间旧忆捉鱼》

结伴捉鱼虾。纤雨江村浅水涯。抓得锦鳞频摆尾,酸麻。还有泥鳅钻脚丫。　　漪浪卷波斜。眼见鱼儿露背牙。只道少年身手健,偏差。扑得泥巴一脸花。

熊东遨点评:

追忆儿时旧事,语言生动,形象鲜明。通篇白描,有若清水芙蓉,具足天趣。两结最为耐人品味:"还有泥鳅钻脚丫""扑得泥巴一脸花",摹写何其逼真,活脱脱一群顽劣小儿,纸面呼之欲出。此作得分之处,不在立意高深,而在言之有物。诗词要动人,只需摒弃空洞说教,深入生活本源,便得成功一半。

2016年第4期

王玉明《喀纳斯秋色》

鲲鹏西去掠云端，寻梦十年为自然。
漫漫金沙翻大漠，皑皑银雪耀崇山。
桦林晚照升明月，村落初炊绕晓烟。
五彩斑斓盈醉眼，心如秋水水如天。

刘庆霖点评：

《中华诗词》2016年第3期推出一组"院士高吟"，受到读者的高度关注和好评，这是其中一首。这首山水诗极具特色。从诗题看，作者意在写新疆喀纳斯的秋色，但作者却没有直接入题，这是为什么呢？原来，作者不单要写秋湖风光，还要把它在祖国的位置、在作者心中的位置写出来。所以，全诗分三个层次来写："仁者乐山，智者乐水。"作者坐在飞机上，想到十年倾慕、魂牵梦绕的"圣湖"就要出现在眼前的情景，心情激动地急于捕捉目标，然后映入眼帘的是"漫漫金沙翻大漠，皑皑银雪耀崇山"。这是第一个层次，看似闲笔，其实不然，它交代了这个湖在祖国和自己心中的位置，以及高山湖泊的特点。第二个层次是用两句写湖岸风光。而且，只是慢慢地推出两个连续的"镜头"，傍晚的"桦林晚照升明月"，早晨的"村落初炊绕晓烟"，不但画面引人入胜，也让风景有了时间的维度。第三个层次是"五彩斑斓盈醉眼，心如秋水水如天"，作者将美景收藏在心，把心境融入美景。可以想见此时的作者，心情是何等愉悦，眼收秋色，心如秋水，秋水如天，天在湖中……全诗没有一句直接写湖，但句句都在写湖，已臻妙境。

王海娜《蜜蜂谣》

振翅花丛一梦长,脚丫沾露过山乡。
未思甜蜜为谁酿,消化阳光与蕊香。

王子江点评:

读海娜的这首诗,首先我想起了唐代罗隐的《蜂》:"不论平地与山尖,无限风光尽被占。采得百花成蜜后,为谁辛苦为谁甜?"总体而言,两首诗都在赞美蜜蜂辛勤劳动的高尚品格。然而两人所处的时代不同,罗诗运用极度的副词和形容词"不论""无限""尽"等,更多彰显了他对当时的无奈和困惑,也充满了他对不劳而获之人的痛恨和不满;而海娜的诗,则充满了活力和希望,所选用的动词"振""沾""思""过""消化"等,体现了现代人乐观向上的心态,并且她把蜜蜂拟人化了,仿佛就是一个花季少女,在为圆梦而辛劳,在为过程而享受,但是并不追问劳动成果的归属,这应该是最彻底的无私奉献!诗中所暗传的,又何尝不是在写自己。除了诗语的运用大费心思之外,此诗的结构安排,也颇见匠心。起承转合,富于变化,耐人寻味,与内容形成了完美的统一,堪称新的思维、新的语言、新的思想、新的表现的典范,当属现代不让唐代、巾帼不让须眉的佳作。

2016年第5期

邓辉《山乡村官》

云谷小山寨，村官大学生。
禾间添果树，溪畔布莺声。
规划何需纸，营销不进城。
爱他无品级，百姓直呼名。

何云春点评：

这是一首充满生活激情又散发泥土芳香的作品。近年来，大学毕业生下乡做村干部，已渐成风尚，各大专院校竭力推进这项战略性工作，取得了显著成效，主流媒体对这方面的事迹多有报道。作者用诗的形式反映这一活生生的事件，选题充满了正能量。根据该作给我们提供的画面和信息，让我们看到了僻壤山寨来的这个大学生村干部，他（她）不是一般意义上的"掌门人"。我们通常理解的由外地派去的村干部，大都是有一定的背景，他们擅长跑关系，找门路，寻资金，给山乡百姓带去几多实惠，政绩也由此显现出来。而诗中给我们塑造的这位大学生村干部，摈弃了凡人世俗，带来了深刻的思维和创新：田间种果树，靠多种经营致富；大搞植被绿化，吸引百鸟歌鸣，让青山变金山（实际上就是办起了旅游性质的农家乐）。精心规划，潜心经营，一举改变了贫瘠山寨的面貌，赢得百姓赞誉和爱戴。构思脉络清晰，叙述层层递进，一目了然，清清白白。应该说，古体诗需要倡导这种风气，让百姓读懂明白，多些大众语言。

赵宝海《老军垦》

稀疏两鬓淡霜丝,每忆荒原初拓时。
篝火已经非战火,队旗犹自是军旗。
垄纹春种白棉雪,地锦秋披黄布衣。
老去依然有宏愿,机车遥控逐风驰。

邓世广点评:

此律韵脚之"丝、时、旗、驰"皆为上平声四支韵,"衣"是上平声五微韵。显然是用新韵。四联格律严谨,对仗工稳,尤其颔联两句连贯一气,如行云流水,洵为佳制。尾联出句"仄仄平平仄平仄"是特殊平仄格式,习称准律句,于此可见作者功底。诗句浅显易懂。军垦战士老矣!常常回忆开垦荒原的峥嵘岁月,垦荒时的篝火虽然不是战争年代的兵燹,但是垦荒的队旗还是赢得胜利的军旗。首、颔两联明白如话,言简意明。颈联似言春种秋收景象,然措辞晦涩费解。"垄纹"似指垄沟?垄沟是垄与垄之间的沟,用来灌溉、排水或施肥。而"春种白棉雪"则让人如堕五里雾中。地锦有三解:①中草药名。又称"斑地锦""奶浆草"。全草入药,有利尿、通乳汁、止血等功效。见明李时珍《本草纲目·草九·地锦》。②即爬山虎。落叶藤本植物。可供观赏。根、茎入药,有祛风活血的作用。③地黄的别名。据此,不知"地锦"用于此处是何用意。尾联转结自然,军垦战士虽老,依然豪情不减,想要实现遥控高科技农业机械的理想,为农垦事业再立新功。窃以为此诗首、颔、尾联俱合规范,如颈联再做推敲,可臻畅达之境。

崔杏花《卜算子》

最爱那时春，最爱花开早。最爱江南雾柳边，同看炊烟袅。依旧手相牵，依旧桃花绕。依旧攀来问脸红，不信青春老。

范诗银点评：

宋人李之仪说过，小词要写得"语尽而意不尽，意尽而情不尽"。对此，崔杏花这首《卜算子》小词体现得很精彩。上片通过"春""花""雾柳"直至"炊烟"，语尽爱春之意，而意未尽"同看"之情。下片续以牵手、绕花、攀问，语尽同看之意，而意未尽惜春之情。这个语、意、情的过程，则是通过上片的"最爱"和下片的"依旧"两个词，经过三个层次的推进，再由上下片的最后一句画龙点睛般道出来的。崔杏花的这首小词与她以往的词一样，通过浅浅淡淡、活泼生动的语句，空灵澄澈地把自己的"意"展现给了读者，纯真幽微地把自己的"情"传递给了读者。还是这个李之仪，《词综》中其《卜算子》上片"我住长江头，君住长江尾"，下片"此水几时休，此恨何时已"之语，开了这个词牌起句承句叠词之例。近人卢前更是上片四句开头皆用同一"曾"字，"曾看庾岭梅，曾跨中条马。曾过衡阳与洛阳，曾上天山者"，凸显了适合卜算子本身抒情规律的写作手法。崔杏花此词很好地运用了这一手法，对于由语表意、缘意达情，起到了分片层层推进、上下片回环照应的作用。而上下片前三句开头皆各用同一词，实属少见，也具有创新的意义。

佟云霞《临江仙·元旦初中同学于蓝湾茶楼小聚寄感》

豆蔻依然春梦里,犁鞭耕老年华。离离芳草正萌芽。相逢今不识,谁是那时花? 一片冰心留旧影。蓝襟轻拭伤痂。人生滋味一杯茶。残红情未了,化作满天霞。

李增山点评:

此词语言老到而思想时新。值得点赞处:一是虽然写的是"寄感",然而场景的描写却令人印象深刻,那辨认"校花"的热闹和拂拭旧照的动情,使得感慨有声有色,不失之于空泛;二是虽然感叹年华流逝,却毫无消沉之气,有的是滋兰树蕙"芳草萌芽"的奉献精神和"残红化霞"的余热精神,传递出的是正能量;三是"小题大做",再普通不过的同学小聚也能引出"人生滋味"的大思考,立意高远,哲思深邃。除以上几点外,遣词造句极其讲究,精到,委婉蕴藉,耐人寻绎,将"词雅"的艺术风格发挥得淋漓尽致,令读者久久沉浸于一个美的艺术境界。妙哉!是"春梦"而非"残梦";是"耕老"而非"磨老";是"芳草"而非"秋霜";是散花之天女而非葬花之黛玉。诗意不宜说透,说透了就乏诗味,就无读者思考和发挥的空间。"人生滋味一杯茶",苦耶?甜耶?浓耶?淡耶?热耶?凉耶?纯正耶?变味耶?尽由读者去细品。诗人的天职是创造意象语言。刘禹锡有"莫道桑榆晚,为霞尚满天",不虚其诗名。佟云霞有"残红情未了,化作满天霞"妙句,亦不枉其耿耿诗心。

2016年第7期

泉名《泸州晓望》

静静烟江向晓开，青山城郭两无猜。
凭窗正爱泸州好，群鸽从天泼下来。

刘庆霖点评：

评这首诗，其实只用十四个字就够了："池一样浅的语言，井一样深的诗意。"可以说，这也是好诗的标准。小诗没有以激情作动力，把自己的主观精神感受强加给读者，而是静静地把所要表达的思想感情有机地蕴藏在"群鸽"与"晨景"的意象之中。"群鸽"在诗人的眼中，就是上天泼给泸州的"吉祥雨"。它不仅让城市活力四射，而且施之以温暖与祥和。诗人的一望之景、企及之情，得以逸宕与升华。并且，使人们司空见惯的寻常事物产生了奇趣，增添了诗意。尾句"群鸽从天泼下来"，乍读似不合理，细品却饶有意味。这是怎么一回事呢？其奥妙在于"反常而合道"。苏东坡曾说过："诗以奇趣为宗，反常合道为趣。"这个主张中一方面是说"反常"，即打破常规的思路或用词规范，以得"奇趣"；另一方面是说"合道"。在运用"反常合道"的原则进行艺术创作时，无疑必须把握"反常"与"合道"之间的关系。"反常"而"不合道"，就谈不上什么艺术性；"合道"而无"反常"，则可能无新异和妙趣可言。有人说，这首诗的一个动词"泼"字用得妙，所以整首诗都出彩。我认为更应该归功于诗人的思维之妙。没有离开语言的思维，也没有离开思维的语言。

2016年第8期

张云波《卖糖葫芦》

串串山楂闪蜜光，红红亮亮待人尝。
一条冰雪谋生路，蘸上酸甜走四方。

巴晓芳点评：

这是一首咏物诗，一二句以形象的语言描绘出了糖葫芦的形状、颜色、可食等主要特征，读之如在眼前。三句平地突起，从红红亮亮的美好场景，突然转入对比强烈的冰雪世界，以红亮衬托出背后的艰辛。结句又从冰雪中跳出，蘸上酸甜走四方。寥寥28字，起承转合，跌宕起伏，让人回味无穷，准确地再现了糖葫芦的多面性及卖糖葫芦人的谋生经历。咏物诗如果仅仅停留在咏物上，就事论事，哪怕笔墨再工巧，描摹再传神，意义也不大。因此，优秀的咏物诗作，往往是托物言志，借所咏之物，浇胸中块垒。此诗一二句状物，极为平常，毫不起眼。但后两句"一条冰雪谋生路，蘸上酸甜走四方"，借物喻人，以糖葫芦红亮酸甜冰的丰富性，象征人的百味人生，赋予了糖葫芦崭新的意义。一种坚忍不拔的积极精神顿时跃出纸面，从而极大地提升了诗的思想高度和艺术价值。糖葫芦本来与冰雪毫无关系，因为又叫冰糖葫芦，扯上冰雪也算持之有故，"一条冰雪谋生路"的精彩句子出现也就顺理成章了。"蜜光"二字稍嫌勉强，"待人尝"或可作"劝人尝"。

2016年第9期

陈良《过米拉山口》

一路黄花逆水行，米拉山口客争停。
云开峰举斜阳近，疑是天穹吊顶灯。

杨逸明点评：

诗有赋比兴，其中"比"需要诗人丰富而大胆的想象力。古人常用，如苏轼"岭上晴云披絮帽，树头初日挂铜钲""人似秋鸿来有信，事如春梦了无痕"，都在诗中用了很形象的比喻。今人在新诗中也常用，在旧体诗中反而用得少了。有时用，也用一些前人已经用烂了的，很少出新。陈良的这首绝句，写经过西藏米拉山口的所见，前两句铺垫，后两句忽发奇想，第三句"峰举斜阳"，已经极为警醒新奇，第四句更是将西下的夕阳比作挂在天穹的吊顶灯，既形象生动，又富于现代感，由此构成一幅富于西藏这个特定地域特色的独特而又美丽的景象。古人云："诗有别趣。"写诗应该抒情有情趣，说理有理趣，写景有景趣。这首小绝句，就充满了景趣，读来有味。

2016年第9期

李二财《题苍洱雪霁图》

雪落苍山远，澄心共此峰。
偶然一叶下，如与故人逢。
道古空行迹，林深隐卧龙。
听风斜照里，尘外数声钟。

潘泓点评：

题图诗比较常见。写题图诗，特忌不能调动感官情绪，只停留在图画的局限之内，画面有什么就写什么，扁平化，类似照片说明书。我们读《题苍洱雪霁图》，可以琢磨出写这类诗的若干门道。一是目的。要很好地将画作的情绪、境界用诗的文字表达出来。这首诗，联联有境，而写境又有首联出句"雪落苍山远"之远与颈联出句"偶然一叶下"之近，有"雪落苍山远""偶然一叶下"之实与"林深隐卧龙""尘外数声钟"之虚。诗作文字清空，毫无阻滞，想象飘逸，似已悟得李白《听蜀僧濬弹琴》之妙。故画作中出尘脱俗的境界，能够传递与感染读者，让人有身临其境之感。二是手段。必须能跳出画面，有所阐发。善于化"静境"为"动境"，引"虚境"入"实境"。画境当然有画家的心境，而诗作，也应当有诗人的心境。"我"这个主观对于画作的解读，应该有"我"的色彩。所以，李二财先生面对画面，首先调动了"虚写"的功能。作品四联的四个对句，皆是画作所不能表现。其次，"虚写"也是多方位的，有"思""见""听"等等。读此诗，能看到画中有人，能看到画面中人物的动作与情绪。这情绪，是惆怅还是潇洒抑或落寞，则各人可做各人的阐释。

何其三《临江仙·邻家小丫》

头扎冲天小辫,攀墙爬树掏窝。顽皮犹似小妖魔。北边才斗狗,西又撵鸡鹅。　甲染凤仙花瓣,偷拿火炭描蛾。惊呆邻里大哥哥。佯装娇女态,也学转秋波。

宋彩霞点评:

该小令得"清、轻、新、灵、留"五字要诀。读完这首小令,我不由得生发这样的感慨:词虽然以清丽、秾丽为工,实在不及本色语为妙。写邻居家小孩,真的是活灵活现:上片开句异军突起,至尾句一气呵成,皆令读者耳目震动。前两句与后两句,用"顽皮犹似小妖魔"一句挽断,使人联想到张泌的"红腮隐出枕函花"。下片辞意断而仍续,合而有分。用贴着凤仙花瓣的小手,拿火炭去描画双眉,真的是把小丫头的顽皮、天真烂漫的形象刻画到了极致。说她懵懂,又懂点事,知道在大哥哥面前卖弄点风情,但她自己觉得风情万种,结果直接把大哥哥吓着了。上片的"小妖魔"与下片的"大哥哥"对比写出也见匠心。下片一句一转,忽离忽合,针线细密。结尾两句"佯装娇女态,也学转秋波",贵能留住,如悬崖勒马,托开说去,便不窘迫,得纵送之法也。与易安"眼波才动被人猜"异曲同工。真能令辞藻堆砌者汗颜,令无病呻吟者愧步。这首小令不设色,不白描,不洗铅华,而自然淡雅,成功地塑造了一个古灵精怪的小丫头形象,尽可供人摇曳。

风清骨峻《为母亲煎药》

小火守炉沸,收汤待有时。
儿心添一味,不让老娘知。

杨逸明点评:

亲情友情爱情是诗词创作的一个极为重要的题材。歌颂母爱,提倡孝心,又是这个题材作品之中的重中之重。"临行密密缝,意恐迟迟归"的诗句,千百年来脍炙人口,让人读来热泪盈眶,感动不已。这首小诗,是这个题材诗词中很感人的作品之一。前两句写一个细节:为母亲煎药,水已沸了,开着小火,收汤还要等一会儿。第三句忽表心愿,为了母亲的病早日痊愈,儿愿将自己的心也添作一味药煎入其中。至此,前三句已经将全诗的意思表达完毕了。可是偏偏作者还要添上最后一句:儿将自己的心煎到药中,还不能让母亲知道。这就在更深的层面上表述了自己的情感。作为母亲,都是极为爱护自己的儿女的,宁可自己受苦,也都不愿让儿女为自己受累。如果让母亲知道,母亲怎会心安?细致入微的情感描写,合情合理,使人感动。看似淡淡说来,却细致入微,一往情深。袁枚云:"诗有极平浅,而意味深长者。"刘熙载云:"浅中有深,平中有奇。"这首小诗就做到了这一点。

2016年第12期

月怀玉《木兰花慢·烟花》

是何人为我,着一袭,紫红绸?过城市边缘,繁华之外,暂做停留。瞳敛霏微夜色,向层云暗黑说优游。几度徘徊呓语,旋飞隔世重楼。　　去耶住也费绸缪。旧梦不胜愁。叹梦里相逢,幻中相失,谁舍谁收?唯把玲珑心事,化寒灰湮灭料应休。开尽此生妩媚,换君刹那回眸。

耿建华点评:

这是一阕别开生面的词作。作者以烟花喻所爱,表达出缠绵悱恻的爱。古人有"诗庄词媚"之说,词是最适宜表达爱情的。尤其是慢词,更适宜表现婉曲的情感。上阕表面写紫红烟花在城市上空绽放,内蕴则是写出惊鸿一瞥的爱。尽管这爱很短暂,却足以震撼灵魂了。"瞳敛霏微夜色,向层云暗黑说优游",这是暗夜里的惊艳,是绚烂和光明的爱。但她却很快消失了,"旋飞隔世重楼"。"隔世"就是阴阳两隔。一场轰轰烈烈的爱,很快以悲剧终场,岂不令人痛断肝肠。下阕抒情,过片连接得很自然。所爱已去,只能"叹梦里相逢,幻中相失","唯把玲珑心事,化寒灰湮灭料应休",仍扣住烟花意象抒情。最后两句抒情角度变换了,以所爱人的口吻说出"开尽此生妩媚,换君刹那回眸"。这种刻骨的倾心至爱真如烟花一般绚烂了。这首词语言出自今人之口,描绘意象、传达情感,毫无障碍。是当代之词,这才是旧瓶装新酒。写诗填词,并不一定用古人语,用陈旧象,这也是这首词的启示。此外,假如抛开情爱层面,也可以把烟花作为某种理想去解读,也许是这首词更深一层的象征意蕴了。

滕达《鹧鸪天·蝶》

晓梦庄生物化心,我谁谁我问无因。莫憎前世蛹蛹貌,且看今生幻幻身。　　穿树影,爱花阴,此情此景令销魂。翩翩梁祝香风里,千古情歌唱到今。

姚泉名点评:

这是一首咏物之词。王夫之谓"内极才情,外周物理",即写诗须才识、人情、物理完美结合。叶燮《原诗》也说:"夫作诗者,既有胸襟,必取材于古人。"用典之于咏物诗,更是尤为重要。滕达的这阕《鹧鸪天》因用典而深婉有致。中国诗人对很多事物有着别样的情结,如月,如柳,如燕,等等。蝶,那么唯美,当然逃不脱。在诗人眼里,蝴蝶呈现的是一种美好的生存形态:其蜕变判若云泥,其羽翼色彩斑斓,其举止悠游自乐。蝶者,既给予人以审美之愉悦,又给予人以生命意义之感悟,"庄周梦蝶"则是此种感悟的代表。此词以"晓梦庄生"开篇点题,"我谁""谁我",一下子触及了蝴蝶意象在传统哲学中的心理情结。三四句则一转,从道家转入释家。虫变蝶,"物理"也,却正好可以诠释释家的轮回之说。"前世""今生"一番轮回,蝴蝶脱离了"蛹蛹"之丑态,蜕变得艳丽优美,讨人喜欢,但仍不过是"幻幻"之身而已。《圆觉经》:"彼之众生,幻身灭故,幻心亦灭。"无实如幻,词吟至此,仿佛已经把蝶写得四大皆空,没意思了。别急。下阕添酒回灯重开宴,笔锋再转。先把蝴蝶复活，让它们在树影花阴之间自由自在地飞舞。此情此景，让你想起谁啦？梁祝不是！于是第三个典出现了。梁祝化蝶所包含的爱情寓意，也是蝴蝶意象在国人心中挥之不去的情结。滕达的这两只蝴蝶飞到这里，沾染了人间烟火，终因爱情而永恒。词人的诗思由道入释再返红尘，飘逸如蝶；且才识、物理、人情皆具，咏物诗能如此，几不甚善矣哉。

2017年第1期

李艳《老伴》

柴米伴油盐，烹调苦与甜。
一声吃饭了，喊我几十年。

莫真宝点评：

这首小诗，抓住了漫漫人生中，"老伴"喊我吃饭这件不断重复的谁都不可能回避的日常琐事，"烹调"出了诗意。诗题"老伴"本来是个开放性的题材，作者却将"所指"即文学实践的材料，限定在一个具体的方面，同时又将它无限放大，收放自如。说"具体"，是指诗中所写，仅"老伴"精心做饭，喊我吃饭这件日常小事；说"放大"，是指这件事，竟然跨越了几十年的时间长度！从"能指"即诗的表现形式来看，这首诗不玩弄高深的技巧，脱口而出，自然动人，是其长处。再者，如果按照《平水韵》的标准来看，韵脚字"盐""甜"，属下平声"十四盐"，而"年"属下平"一先"，三个韵脚字分属不同的韵部，是为"出韵"；"一""吃""十"皆是入声字，则后两句都犯了"孤平"。倘不按照《平水韵》的标准，那么，韵脚字的韵腹或作an，或作ian，语感大抵是和谐的；按普通话的声调来看，平仄与黏对，也符合五绝的格律标准。实际上，诗意的有无，诗艺的高下，并不取决于用韵与平仄，只要不是如当下有些人甚至是著名学府的学富五车的教授出版诗集时，将四句共二十字的诗一概称为"五绝"就好了。即如这首诗，倘按照《平水韵》标准来衡量它的格律，也不妨称为"古绝"的。

2017年第4期

雷成文《过李家冲》

不辨南冲与北冲,随鸥误入水云宫。
二三月份莺声绿,八九点钟舟影红。
十里杏花何烂漫,几家砧杵自叮咚。
问津适遇浣衣女,笑指芳蹊处处通。

星汉点评:

查电子地图,国内叫"李家冲"的地方有近60处。星汉拙文《诗词的题目、序文和注释之我见》中说:"有些小地名如果不是全国唯一的地名,最好前面冠以大一些的地名,这对于理解诗的内容是大有裨益的。"此诗中二联调动视觉、听觉,使画面鲜丽。个中数量词相对,颜色词相对,自不必说;"烂漫"对"叮咚",既是连绵词相对,又是叠韵对双声,颇见功夫。颔联写时间,颈联写空间,均见法度。"随鸥误入水云宫",是告诉读者"李家冲"之深幽、僻净,而"芳蹊处处通",也就破坏了"水云宫"的氛围,首尾不见协调。"二三月份""八九点钟",俗语入诗,无可厚非,但过于随便,不作"诗家语",恐是一病。作"二三月里""八九点时",也许好一些。"杏花"为偏正词组,"砧杵"为并列词组,对仗时可再斟酌。"砧杵",捣衣石和棒槌。"几家砧杵",当是在宅院中洗衣。"适遇浣衣女",所遇当是河边或是路上洗衣者,有犯重之嫌。当今我国农村家庭,至少半数用上洗衣机。作者倘是为袭古人意象,恐落食古不化之讥。星汉所言,未必正确,仅供参考。

齐蕊霞《为母亲洗脚》

捧起双足濯去尘，膝前顿感愧于心。
涛涛母爱长江水，我奉娘亲只一盆。

刘如姬点评：

长江是中华民族的母亲河，此诗以"水"为脉，起句从为母洗脚场景入手，承句写感到有"愧"的心理。转句则从内心喷涌而出，将母爱比喻成滔滔的长江之水，而作者回报母亲的却只有这小小的一盆洗脚水。"长江水"与"洗脚水"的鲜明对比，使人感受到母爱的深沉伟大以及作者对母亲的爱，让人不禁想起了孟郊的"谁言寸草心，报得三春晖"。白居易说："感人心者，莫先乎情，莫始乎言，莫切乎声，莫深乎义。诗者：根情，苗言，华声，实义。"此诗情感真挚深切，语言平白朴实，比喻形象而有张力。尤其是转句，如异峰突起，卓然挺秀于诗中，令人眼前一亮。然而，窃以为在一些方面可再行斟酌：如转结"长江水"与"洗脚水"相对比，已有"愧"在诗中，故第二句似不必道出。另，转句的中"涛涛"，改"滔滔"或更切。

2017年第7期

胡江波《端午感作》

醒醉之间遗恨多，臣心天道两难和。
诸侯有意询铭鼎，六国无人可止戈。
白起长生亡楚早，屈原不死奈秦何。
精魂或慰承平日，岂独龙舟在汨罗。

彤星点评：

此诗所感在屈原，实为咏史。诗几乎全是议论，却境界阔大，开合自如，不失为一首好诗。主要表现在写法上打破了"发言平易而循乎绳墨"（明·谢榛语）的常规。首联就把全诗的主旨，即诗人所感的要点和盘托出，诚所谓"发言隽伟而不拘绳墨"（同上）。继之层层剖解。颔联指出武力混一天下是战国时代的大趋势，无人可挡。颈联以白起与屈原对举，揭示秦、楚不同命运的必然。尾联回过头来照应题面，咏叹屈原精神的现实意义。如此出奇制胜，为我们提供了另一种范式。诗的成功还在于运用典故的恰到好处，为议论敷上了文采，丰富了意蕴。开篇的"醒醉之间"熔铸了《楚辞·渔父》的主旨，突出了屈原"举世皆浊我独清，众人皆醉我独醒"的思想性格。还有秦大将白起。他于公元前278年率军攻破楚国都城郢，屈原闻之，悲愤交加，自沉汨罗江。白起因功受封，却遭到权臣的妒忌，被逼自杀。白起的悲剧与屈原的悲剧有些相似之处。这就使"臣心天道两难和"的感慨有了更广阔的历史内涵。

王一秋《卜算子·瘦西湖》

霞映翠堤长，鲤戏莲池瘦。一叶轻舟碧浪中，篙点纤云皱。月隐黳虹桥，风细梳眉柳。何处箫声闻未闻，荡漾春波后。

林峰点评：

瘦西湖为扬州胜境，冠绝东南，素有"园林之盛，甲于天下"之美誉。古今题咏，更是琳琅满目，不遑枚举。此词亦写名湖胜概，且看她如何着墨。碧绿之长堤与斑斓之霞光，一红一绿互为映照，何其绚烂；欢跃之锦鲤与旖旎之莲池，一动一静彼此呼应，又何其活泼。接下之轻舟碧浪，竹篙纤云便依次深入，渐臻佳境也。此间词人不说春波皱，而谓之"纤云皱"，是云在波中，波皱故云亦皱也。如此方可称为词家妙造。虽亦脱胎于冯延巳"吹皱一池春水"，但已自具面目也。下阕因黄昏而入夜，便有了月隐虹桥，风梳眉柳之描摹，具象很是细腻缜密。但最耐人寻味处还在歇拍两句。何处箫声？一问也。闻之未闻？二问也。一问再问，便有了双重否定之意味。不是箫声未闻，实乃箫声缥缈，似有还无。此际，词人之悲喜忧乐、万千思绪皆弥漫于不绝如缕之箫声中也。故用"荡漾春波后"一语作结，是留余味于篇外。一如欧阳文忠公所言之"状难写之景，含不尽之意也"（《六一诗话》）。

2017年第8期

原振华《【中吕·山坡羊】慈母手中线》

疏缝牵念，密织期盼，经年纬月手中线。热缭单，冷添棉，均匀针脚流光伴，昔日寻常今日罕。衣，身上暖，情，心上暖。

滕伟明点评：

原振华是一个勤奋的散曲作者，见过好多次。她也问过什么是曲味的问题。我就问她看过郑振铎的《中国俗文学史》没有。首先要读关汉卿的《不伏老》，马致远的《借马》，睢景臣的《高祖还乡》，杜善夫的《庄家不识勾栏》，那才是散曲的当行本色。总之，散曲必须俚俗，必须诙谐，甚至带着几分刻薄，以表现散曲特有的尖新。她说完全理解，可是总做不到。就像这首《【中吕·山坡羊】慈母手中线》，句法是纯熟的，语言是流畅的，可是就没有散曲应有的尖新味道。也许是受着主题限制罢。不过这也说明散曲的构思必须另辟蹊径。这首散曲更接近词，散曲中有此一体，我读后还是很高兴的。

2017年第10期

周南《题老骥嘶风图》

卷地风来塞草黄，长嘶昂首立斜阳。
骁腾万里霜蹄裂，尚有铮铮骏骨香。

胡迎建点评：

北风卷地而来，翻动无边无际的黄草。将荒寒之景极力渲染，并预告马之所在边塞。起句便有大风振木之势。次句老骥出场，果然非凡，驻足于斜阳下，昂头长嘶，义无反顾。一反前人"斜阳"意象所包含的衰飒、伤愁之义。彭芳远《满江红》词云："牛背斜阳添别恨。"黄遵宪《养疴杂诗》云："竹外斜阳半灭明。"沈祖棻《鹧鸪天》云："有斜阳处有春愁。"何如此马立于斜阳下，无衰惫态，无畏缩状，又岂可服老？观其气宇轩昂，抖擞精神，长嘶欲奔，必能酬壮志矣。进而写老马奔腾万里，骁勇非常。化用杜甫《房兵曹胡马诗》："骁腾有如此，万里可横行。"杜甫若得此咏马知音，九泉之下，必当笑慰。合末句并补足言外之意为：纵然马蹄跑得破裂，哪怕是倒在疆场又何所悔，以其铮铮骏骨之香在。用王维《少年行》诗意："孰知不向边庭苦，纵死犹闻侠骨香。"较之金代郝经《老马》诗"垂头自惜千金骨"又进一层。与徐悲鸿《题画马》诗句"秋风万里频回首，认识当年旧战场"有异曲同工之妙。直从眼前写到来日。在咏马诗中寄托了诗人壮心不已、欲驰骋疆场为民族奋斗的情志。

朱继彪《水龙吟·丁酉立春日作》

倏然春又归来,流光老去真容易。红轮一出,雪晴四野,鸡鸣千里。嘉会良辰,登高领略,新正风味。羡水边青树,树边燕子,间关里,飞天际。　　休说廉颇老矣。梦依然、云飞风起。高天碧海,神槎星月,魂牵心系。天南地北,犹能容得,笔才雄气。约东风在此,熏梅染柳,共词人醉。

李青葆点评:

上片,"倏然春又归来,流光老去真容易",心中对岁月的感叹跃然纸上。立春日,作者登高,看红日东升,雪后四野放晴,耳听千里鸡鸣。诗人这时不一定真的听到鸡啼,因为今年是农历鸡年,听到的应是时代雄鸡的歌唱。放眼九州,领略到的是带有正气的新年风味。绿水青树,莺飞燕舞,生机勃勃。下片,"休说廉颇老矣",意接上片。"梦依然、云飞风起"之后,连续用了两组六句短语。"高天碧海,神槎星月,魂牵心系。"神槎,原指神仙乘坐的木筏,在此可以理解为高科技"神舟"。海阔凭鱼跃,天高任鸟飞。"天南地北,犹能容得,笔才雄气",任诗人们施展才华。如此良辰美景,诗词家们正好相约春天,临风吟唱,与时代共醉。该词寓意深刻,意象丰满,语词鲜活,节奏轻松而强烈。每读之,情感起伏,有"共词人醉"的感觉。但用词"犹能容得"过于保守,感到对时代的赞颂打了折扣,影响艺术的升华。

程均《西江月·汽修工》

入梦犹嫌夜短,打工更觉天长。进城已是破天荒,混得有模有样。　致富唯凭手巧,修车岂怕衣脏。心中有爱有朝阳,找个温柔对象。

秦凤点评:

一个好的作品,当以真心为本,以社会为源,以自然为法。读程均的《西江月·汽修工》,思路未受任何阻塞,很顺畅地就下来了。没有套话的空洞,没有典故的晦涩,以现代感极强的口语,用平铺直叙的手法,把农民工平淡辛苦的生活写得有滋有味、有声有色,把农民工对生活的满足和对未来的希望表达得恰如其分、淋漓尽致。作者牢牢把握一个"真"字,写真人,记真事,发真情,信手拈来,娓娓道来,语言之轻巧俏皮,人物之朴实自然,自显作者驾轻就熟之功力。"俯拾即是,不取诸邻。俱道适往,着手成春。"诗家有一双善于发现的眼,一颗善于感悟的心,一支善于提炼的笔,便无须挖空心思地追寻,自可达到处处皆诗的境界。然而,词当以空灵为主而不流于粗豪,以婉约为宗而不流于柔慢,以妩媚为态而不流于轻浮。这首词乍读让人感觉格调清新、别开生面,但是仔细琢磨,总让人产生一种"不稳当"的感觉。此是否为修辞之正道,尚可商榷。

2018年第1期

王霏《游岳麓书院》

沙洲碧水映云白,十月潇湘揽胜来。
红领千山尊岳麓,物华三楚数英才。
每思文脉于斯盛,常叹风流自此开。
一路高秋凭指点,新诗吟到赫曦台。

杨逸明点评:

  李白写鹦鹉洲、凤凰台,均罗列地名,甚至一首七绝中可罗列"峨眉""平羌""三峡""渝州"等而不使人感觉累赘。这首《游岳麓书院》,也罗列了"潇湘""岳麓""三楚""赫曦台"等,都能融入诗中,写出自己的感觉和情怀,所以也不觉得板滞。首联交代时间地点,此地是红色圣地,当年"层林尽染",诗中当然要重点一提。颔联既歌颂领袖,也不忘所有三楚英才。颈联言"文脉",自然仍与湖南有关。而"风流",更会使人想起"数风流人物,还看今朝"的伟人。尾联仍回到游览胜景,与首联的"揽胜"呼应。全诗用了一些虚词"每""常""于斯""自此"等,语句就较为灵动疏朗,也使得地名的罗列不至于呆板。旅游诗词很忌讳写成景点说明书。常常看到一些名胜古迹山水旅游诗词,罗列一大堆景点名称,虽然对仗不可谓不工稳,但是只为罗列而罗列,还不如直接看景点说明书。景点名称不是不能入诗,关键是看如何组织安排,这首就是一个成功的例子。

2018年 第2期

刘柏华《农家小院》

山楂一树点千红,柿子枝枝挂果丰。
小院黄昏秋去晚,大灯笼映小灯笼。

郑雪峰点评:

这是一幅晚秋时节农家小院的风景画,诗中洋溢着丰收富足的喜悦。前二句写院子里的山楂和柿子都成熟了,山楂红红的,如点燃了一般。三四句进一步用一个比喻升华了其中的趣味,"小灯笼"是"山楂","大灯笼"是"柿子"。如果将"大灯笼"理解为"小院"屋檐下挂着的真实的灯笼就更妙了,不仅大小相应,而且虚实相生。在生活中,一些形象对比往往蕴含着令人愉悦的趣味,就像在舞台上相声演员的一胖一瘦、一高一矮,令人忍俊不禁。诗人也往往善于捕捉,如清代诗人江湜的《湖楼早起》:"面湖楼好纳朝光,夜梦分明起辄忘。但记晓钟来两寺,一钟声短一声长。"一短一长,即见趣味。这首诗中的一大一小,也是这样。另外值得注意的是第三句,非"黄昏"则灯笼的效果不出,可谓善于铺垫。整首诗颇具匠心,一字不苟,却又自然顺畅。

2018年第4期

紫汐姑娘《浣溪沙·匆匆那年》

笑语谑言似昔年，偶逢每道有书还。侧眸似向落花看。　尚记当时春正好，一如此夜月初圆。几回写写又删删。

周燕婷点评：

脉络清晰，主旨明了。上片回忆"那年"，通过"还书""看花"等细节描写，刻画出一个渴望见到对方、见面后又羞于启齿、不敢明确表达自家心迹的少女形象。过片一联颇见匠心，十四个字所包含的内容，至少有如下几点：其一是把故事的美好发展，含蓄地向读者做了透露；其二是通过"此夜"二字，将时空拉回到目前，过去两人拥有的"春正好""月初圆"，如今是"我"一人独对。细细品味，不由人不起"良辰美景奈何天"之感叹。"一如此夜月初圆"句，属于腾挪之笔，显示出了作者的文字驾驭能力。如此深挚、浓烈的相思，究竟何以排遣？"几回写写又删删"，欲说还休，余味悠长。不足处有二。首先，第一句"谑"字出律，且用字不当；由"笑语谑言"引起的回忆，情趣欠高，与下文倾吐的浓烈情怀明显不协。其次，篇中"似"字重复，写诗填词若非有意，应尽量避免重字，小令尤其不宜。第一个"似"字易为"忆"更为准确；第二个"似"字虽然勉强立得住，但欠精彩，若易为"佯"，或更传神。

2018年第4期

崔鲲《卢沟晓月》

百载沧桑鉴晓风，醒狮怒目啸长空。
何当挽射天狼箭，星落犹张月半弓。

杨逸明点评：

题咏卢沟桥的诗作可谓多矣。因为这里是一个发生过历史重大事件的地方，而且还是一个特别让中国人印象永难磨灭的地方。这首小诗从描写时空落笔，首句写时间，不但是已经沧桑百年，而且切景点的"晓"。次句写空间，眼前依然是几百个石狮，已经睡醒，怒目向天，似乎听得到它们在长啸。小诗写时空，显得有厚重感。杜甫在"落木萧萧下"前加上"无边"，写空间；在"长江滚滚来"前加上"不尽"，写时间。让人读来顿觉无限壮阔。陈子昂"前不见""后不见"写时间，"念天地"，写空间，无限的时空感，不能不教人"怆然涕下"。这首小诗的后两句，忽然展开诗人的想象，此景此情，怎一个"怒"字了得？诗人要挽弓射天狼，而且射了天狼星后，天上的一弯晓月依然要像雕弓一样高悬，决不可放松警戒。尾句仍紧扣题中之"月"。诗人之怒，不必张牙舞爪，破口谩骂，还是要擅长用形象的比喻，给读者留下美的享受。

2018年第5期

南广勋《【正宫·醉太平】陪病中老爸》

小床前两棵病柳，昏灯下一对白头。甜言蜜语作交流，儿不嫌爸丑。往前说到逃荒后，当今说到新成就，新闻旧事满肠搜，搜得我捉襟见肘。

徐耿华点评：

早在两千年前，人们就用"情动于中而形于言"的话来说明诗歌创作的特点。古代文学理论大家刘勰也说："万趣会文，不离情词。"也就是说，没有较为强烈的生活感受和情感，文学创作是难以想象的；不直接或间接借助于形象表现真挚情感的文学作品，是不会感动读者、产生强烈效果的。这首散曲小令虽然语言朴实无华，但却十分感人，其原因就在于它源于强烈的生活感受。父母年迈，最需要的不是金钱和保养品，而是子女的陪伴和交流。也已经是"白头"的儿子，陪伴在父亲的病房里，父亲似乎总有说不完的往事。"逃荒"的往事他可能已经说过无数遍，但仍然需要儿子倾听；外边的"新闻"儿子已经是"满肠搜"，父亲似乎仍没听够。这种"甜言蜜语"不正是浓浓的父子情吗？这首小令抓住父子间语言交流的种种细节来写，而感人的作品大都注重细节的描写。所以说它是一首上乘之作。

2018年第6期

李荣聪《乡村夜宿》

柳摇春梦到农家,醉倚风窗看月斜。
一树清辉原不重,三更压落紫桐花。

张金英点评:

此诗紧扣题目,将夜宿乡村的所见所想通过自然清新的语言恰如其分地表达出来,营造出乡村春夜空静清幽的意境,给人美好遐想。起承以虚写实,选择"柳树"这一典型物象进行描绘,赋予柳树以人之心理、神态与动作,拟人得法,形象可感。起句统领全诗,概括乡村春天的景象。"柳摇春梦"虚实相衬,"春梦"为柳树之"心理","摇"字状写柳树的婆娑之态,极富浪漫色彩,此乃诗家语也。承句深化,"醉"为柳树之"神态","倚""看"为柳树之连续性"动作",一幅"柳看月斜"的清逸画面定格在乡村春夜里,且"月"之意象为下文做好铺垫。转句顺势宕开,是为全诗妙笔。诗人化无形为有形,想象奇特,将飘落的紫桐花想象成"一树清辉"于三更压落了,"无理而妙"也,以此作结,余味无穷。全诗立意新颖,布局合理,诗语空灵,平淡中见真味,朴素中见绮丽。

2018年第6期

匡晖《送儿赴京》

秋深云暗雁行低，歧路临别泪眼迷。
百次叮咛千次嘱，亲娘尚在陕之西。

张克复点评：

此诗写母子离别，全诗平浅质朴而意味深长，在语言和意境上不落老套，极为感人。诗人首先借意象来营造整个场景，在时间和空间上通过秋深、云暗、雁行、泪眼等意象，使诗意含蓄蕴藉，韵味悠长，加强了离愁别绪的表达，如王国维所说"一切景语皆情语也"。在这样一个随时都可以触碰泪点的场景中，母子执手，依依不舍。母亲对儿子出门在外的一切千叮万嘱，唯恐有半点疏漏。这里没有华丽的辞藻和过多的修饰，平朴素淡的句子却更使情文兼至，凄音动人，母子情深，一览无余。结句虚实相间又让意境得以升华，加深了离别的伤感和依恋之情，更加含蓄感人。综览全诗，如同一幅画面徐徐展开，我们可以看到一位泪眼婆娑的母亲，站在秋风瑟瑟的路口，目送着儿子远去，儿子也一步三回首，看着娘亲，不忍离去……结句虚实相间的手法让眼前景更是别后情，充分表达出母子相隔千里无尽的思念。

2018年第11期

王献力《过襄阳古隆中诸葛草庐》

万古高天仰此庐，堪同泰岳比肩乎。
横江铁索帆樯尽，纵马祁山兵甲出。
功冠两朝云汉鼎，名垂双表蜀川图。
宅前梅树何人种，立雪隆中放蕊无？

熊盛元点评：

首尾两联乃此律作意所在，写出对诸葛亮之无限景仰，结句笔致空灵，轻轻一问，留不尽之意于言外。中二联赞武侯功绩，笔力包举，气势恢宏。"功冠"一联从老杜"功盖三分国，名成八阵图"化出，陆机所谓"立片言以居要，乃一篇之警策"是也。"出"字古读入声，而现代汉语则读作阴平矣。作者不泥于古，与时俱进，新创精神，诚可嘉也。若能在谨遵新韵之同时，又能合乎古音，似亦不失为一种有益之尝试。新疆星汉先生《周仲生先生大著将问梓以今韵一律为贺》诗云："今韵今声脱颖出，草原无惧小牛犊。神州久旱来新雨，山径难行斩恶竹。机器人能登月殿，古装客请住茅屋。与时俱进非空话，何不心服更口服？"韵脚均古时入声，而现代汉语又皆为平声，颇难能也。质诸献力先生及广大读者，不知以为何如？

2018年第11期

唐加强《五月农家》

芒种攸然至，无边麦垄黄。
挥镰割万亩，过斗满千仓。
虽总悲粮贱，犹还怕地荒。
心祈收后雨，莫再误插秧。

王改正点评：

这个题目使人想到南宋王炎的词句"人间辛苦是三农"，眼前仿佛出现了乡亲们挥汗如雨的农忙景象。这是一幅写意的农村生活图画，生活气息浓厚。此律章法井然，对仗工稳，铺叙赋之，不费猜想。开篇点出"芒种"，切入五月农家生活，引出下文。颔联写收割、入库之实景，生动有趣，呼之欲出，极富画面感，非置身其中不能道也。颈联由景转情，写农民当下之忧心。古语曰"谷贱伤农"，信也。从悲粮贱到怕地荒，农民种地的矛盾心理跃然纸上，由此不禁让人联想到粮食安全问题。尾联写农民兄弟没有因谷贱而影响种粮积极性，而是祈盼着风调雨顺，抢收后不误插秧，为下一个丰收开始忙碌。"悲"与"怕"二字，描画的是两种心理状态，句法、字法与心理契合，尤显用字之妙。

2018年第12期

杨必智《【中吕·山坡羊】阴雨天见某地洒水车照常工作》

无须非议,无须生气。雨天和我没关系!似离奇,不稀奇,执行政令无余地。再骂官僚谁怕你?人,不认你;车,不认你。

南广勋点评:

这是一支写得很不错的散曲小令,平仄和谐,用韵规矩。虽是讥时之作,但就事论事,不偏颇不急躁。作者以调侃的语气说平常所见,向人道出了不顾客观存在而机械地执行政令时,局面的可笑和尴尬。

写"刺玫瑰"式的散曲最忌"戾气"太足,这样往往把握不准分寸而说过头话。这支曲子把握得就好,把洒水车雨中仍在洒水作业的现象写出来,并点出了官僚主义的弊病,点到为止,留给读者评论是非,起到了"留白"的作用。

曲子写得浏亮上口,不磕绊。只是觉着造句尚欠精到。由于是按谱嵌字,于是或有未达意之感,特别是"再骂官僚谁怕你?"句。若加个衬字,变成"便再骂官僚谁怕你?"是否会更好些?

2019年第2期

陶大明《送小女赴南疆支教》

昨日师团一令颁，行装漫卷上和田。
女儿也立男儿志，国事应排家事前。
沙打风吹柽柳劲，寒严暑酷枣花鲜。
虽然幼教平凡岗，塑造灵魂大比天。

星汉点评：

陶大明先生为新疆诗词学会原副会长，星汉与之共事多年，颇多了解。先生处事以大局为重，诗词多有正能量，此诗可窥豹斑。题中"南疆"，为天山以南之称谓。诗中"师团"一词，当指讲师团，即由中共中央党政机关干部和地方机关干部组成的中小学教师培训组织。柽柳，即红柳。枣花，新疆南疆多枣树和沙枣树，故云。此诗语言通俗，诗风通脱，思想通达。首联，"昨日令颁"，今日即"行装漫卷"，说明"小女"接受命令的痛快，执行任务态度的坚决。颔联直抒胸臆，以工稳的对仗道出对女儿的叮咛。颈联通过比拟，说明女儿前往之地生活环境不如原来的住地，同时也是对女的赞许。尾联告诉读者，女儿前往和田的工作是平凡的"幼教"，但是作者认为它的意义"大比天"。有这样的父亲，女儿应当感到骄傲，自然也会安心工作于"平凡岗"。以国人"北上南下"之成说，首联中"上和田"，似作"下和田"为好。

曹山《我与〈中华诗词〉》

藏是深情爱是缘，一刊相伴古湖边。
望中总忆三千里，案上长亲廿四年。
炉火未青诗不老，人生补白梦犹牵。
爪痕我也零星在，每到翻时自粲然。

何鹤点评：

在湖北考察诗教工作的中华诗词学会郑欣淼会长，得知当地有位读者从《中华诗词》创刊至今，一直在订阅。他，就是本诗作者曹山。为此，高昌主编曾专门派我与他联系过。《我与〈中华诗词〉》是曹山订阅本刊24年的感受。首句言其收藏本刊概缘分使然。二句写人刊相伴湖边。三、四这两句从空间距离三千里写到时间跨度廿四年。五句为作者自谦；六句是人生态度。七句用苏轼的"人生到处知何似，应似飞鸿踏雪泥"句意象，诉说自己也曾写作发表过一些诗篇。接下来，以每每翻阅《中华诗词》时的愉悦心情收束全篇。此律以议开篇，情景交炼。两联对仗工稳，开合有度。行云流水，浑然天成。平中每能寓奇，极见作者造句手段高妙。这是一首叙事诗，不事铺张渲染，而是娓娓道来：订阅收藏《中华诗词》，让"我"的日子变得充实。古堤边，每每遥望千里之外的北京；书案上，不知不觉度过了24个年头。虽然没有达到更高的境界，却让业余生活变得丰富多彩。如今，诗瘾与日俱增，已然难以割舍。虽然诗空星众，然而"我"在其中。每每想到这些，不免窃喜多时。

2019年第3期

朱思丞《上海看望卖菜堂叔》

相隔十米笑先闻，年久何曾变口音。
泡上砖茶频倒水，谈及摊位太操心。
租房哪有值钱物，棚户谁装防盗门？
半世打拼身已老，可怜仍是外乡人。

李书贵点评：

此作能围绕主题选择材料，均恰情恰景；细节抓得准，文字朴实，描写得也绘声绘色，使我们看到了一位进城务工者"堂叔"的憨实形象，也感受到了"堂叔"创业之不易，生活之艰辛。一首作品的高低优劣，其思想意义的强弱是一条很重要的评判标准。进城务工者，虽为生活计，但都是在为城市建设和管理默默做着贡献，在一定意义上说，都是推动社会进步的重要力量。如果把这层意思融进去，那作品的品位就会大大改观。此作仅仅是平实描述见到"堂叔"的情景，都是浮在纸面上的，囿于个人的小圈子，眼界狭窄，总体看格调不高，特别是尾联，这就大大削弱了作品的价值。杜甫的"三吏""三别"，都是叙事性篇章，其社会意义，何其重大！当然，表现作品的社会意义，不是靠作者"说"出来的，更不是硬拔高"拔"出来的，而是凭借作者深邃的思想、敏锐的洞察力及高超的写作技巧表现出来的。

2019年第4期

魏跃鲜《【正宫·塞鸿秋】说跟风者》

你说有雨他说下,你说有鬼他说怕,你说有病他说挂,你说有利他说大,你吹他便吹,你骂他才骂,墙头草不说一句真心话。

黄小甜点评:

此曲可谓辛辣有味!我们常说,写散曲得有曲味,曲味是什么?即在创作时,语言善于使用口语,且俏皮,风趣;句式善于用排比句、对偶句、博喻句等;若结构能用散曲特有的巧体则更佳。看来作者已深谙此道。此曲运用了巧体中的"重句体",句式的排比句、对偶句、博喻句,将"跟风者"那种毫无自我、毫无廉耻、毫无底线的阿谀奉承的丑态挥洒得酣畅淋漓;结尾更是巧妙地使用了散曲特有的衬字,令"跟风者"的虚伪更穷形尽相:末句本是七字"平平仄仄平平去",若不加衬字应是"墙头草不说真话",而加了"一句"和"心",变成"墙头草不说一句真心话",其语气、感情色彩便显然不同了,作者对跟风者的愤怒此时已到了按捺不住的程度,句子的分量自是重了许多。这确是一支好曲!"可谓心态毕现于口,仿佛如见其形,又恍若如闻其声了。"

2019年第4期

李伟亮《武汉东湖遇雨》

行吟阁畔石桥东，我亦行吟细雨中。
满目湖光天不管，荷花开到七分红。

姚泉名点评：

武汉东湖行吟阁，为纪念屈原"行吟泽畔"而建也。伟亮兄以行吟阁来破题发兴，用意明显。屈原被谗远游、行吟泽畔而忧国忧民的形象，系爱国主义的标本范式。"我亦行吟"的潜台词，可以理解为我也爱国，我也忧国忧民。笔者不清楚伟亮兄此诗的创作背景，但"细雨"二字，并非乐观的景象，倒也不必深究。转结二句甚有趣。"天不管"，杨诚斋喜用，如"落尽梅花天不管"（《壕上感春》），含无人关怀之意。尾句的"荷花"在传统诗歌意象中具有固定的审美内涵，屈原《离骚》曰"制芰荷以为衣兮，集芙蓉以为裳"，即是表现自身修养高洁之意，伟亮兄此诗化用之。"七分红"，既是写眼前实景，也是自我调侃修养暂还没有达到最高标准。此诗以屈原为中心意象，表达了对品性高洁、爱国爱民的屈原的追慕。举重若轻，明白如话，化典无痕，耐人寻味。

2019年第5期

孔繁宇《蝶恋花·校园有忆之回小学操场》

立正稍息齐步踏，领佩红巾，绿草阳光下。敬礼升旗操练罢，一声解散人欢炸。跳了皮筋丢了褂，小了球鞋，空了秋千架。起跑线前痴一刹，清霜已染满头发。

李葆国点评：

一首小令，寥寥几笔勾勒出一幅童年校园的欢乐图画。上片写升旗做操，红巾绿草，对照鲜明，阳光升旗，聚焦自然。一个"炸"字结束了集体动作，为下片自由活动做好铺垫。下片工中带写，点面铺开。跳皮筋是细节实写，是点，生动传神。球鞋和秋千是面，一笔带过。"了"字连用是全阕传神笔，层层递进把校园自由活动尽收眼底，同时又为回到现实架好桥梁，深得苏子笔法。最后站在起跑线回忆起跑时，感慨作结。全词生动形象，聚散有致，开合有度，不失为一首好词。但是，细细品来，结句略显纤弱，与其说感慨不如说哀叹，给人些许未能托住全篇、有损前功之憾。结句若改为"深秋犹忆春无价"是否更好些。

2019年第5期

王志伟《回已拆迁老村》

偶向故园寻老宅,残墙雨后覆新苔。
童年记忆任拆走,依旧炊烟入梦来。

宋彩霞点评:

题者标明本意,切而不黏。开头两句,突出一个"寻"字,第二句回答:是残墙的雨后又添了一层新青苔,写实。第三句由实到虚,年华似水,青春如梦。无语的老宅,一地残墙新苔,我触摸到的仅仅是童年、炊烟。老宅像一个姓名,再也没有我能接近它的方式,只有在梦里。

作诗顾题,原有两路,或即题实写,或"离题高腾"。如绝句四句全要着题者,难也。或二句着题,二句泛过;或一句着题,一句泛过。例如刘后村《莺梭》诗:"掷柳乔迁大有情,交交时作弄机声。洛阳三月春如锦,多少工夫织得成。"第一乔迁、第二弄机、第四织锦,皆极切题,是自题内实写者也。与本诗一二句同。而刘诗三句泛过,王诗"童年记忆任拆走,依旧炊烟入梦来"也是泛过,虽都是在题之中,但均已宕开一层而"泛过"题意,盖状景唯切,托情可兴,遂使诗意扩展,正谓语短意长,引人联想。

2019年第6期

胡水莲《夜韵》

诗韵添壶煮不开，长宵惹得梦徘徊。
推窗未见中天月，一片蛙声挤进来。

张思桥评：

诗贵巧思，此诗之妙处，一是在于诗境之真实，再者就是能见巧思。这种巧思，在第一句的诗韵"煮不开"中就体现了出来，而末句尤妙。可以看出，在末句的炼字上，作者用"挤"而非"涌"字等，恰恰可令读者想见这蛙声的冒昧、唐突，与第三句前后衔接，相映成趣。而声音原是不能"挤"的，此处作者这般用之，正是钱默存所谓的"通感"手法，也是"陌生化"的一种表现。不得不承认，在诗词创作中，对"通感"的合理使用，很大程度上能够增加诗句之余蕴，进而产生回味无穷的效果。当然，此诗也存在不足之处。首先，在遣词造句上，或可进一步避免熟词、熟语，否则便很容易造成落俗之患。其次，正如严羽所云："诗者，吟咏性情也"，此诗似在"情"的表现上稍微弱了一些。然瑕不掩瑜，诗中亮点，足以使读者赏味与学习之。

2019年第8期

王晓春《【正宫·塞鸿秋】咏史》

明眸皓齿君王醉，轻歌曼舞朝纲废。成仙鸡犬居高位，潼关一破山河碎。凭栏望月时，谁解其中味。帝王泪怎比黎民泪。

徐耿华点评：

咏史诗大多针对具体的历史事件或历史人物有所感慨或有所感悟而作。王晓春同志的这首《塞鸿秋》虽未明说，但我以为他显然是以唐代"安史之乱"为历史的客体来抒发自己的感悟，写得入情入理，是一首较好的咏史（或曰怀古）作品。开始的三句中描写了唐玄宗宠爱杨玉环，整日沉湎于酒色歌舞之中，导致了"朝纲废"，杨氏一门如杨国忠等鸡犬升天，竟然"居"了"高位"。终于，潼关被叛军攻破，唐玄宗仓皇西逃，又在马嵬坡发生兵变，不得已，赐死了杨贵妃。"君王掩面救不得，回看血泪相和流。"王晓春这首《塞鸿秋》最出彩的一句就在于"帝王泪怎比黎民泪"。安史之乱历时八年，使社会遭受了一次空前的浩劫，"人烟断绝，荆榛蔽野"，许多州县成为废墟。"朱门酒肉臭，路有冻死骨。"唐玄宗流的泪怎么能比老百姓的多呢？这与元代张养浩《潼关怀古》中的结尾"兴，百姓苦；亡，百姓苦"有异曲同工之妙。古人对于咏史怀古作品大约有以下提示："翻案"，即创新，不剽说前人的看法；咏史须使人一唱三叹等。愿与王晓春及广大曲友共勉。

沈中良《新农村竹枝词之减肥》

镜里光鲜问是谁，新装束体惹颦眉。
如今只怪生活好，村嫂村哥亦减肥。

武立胜点评：

近几年，诗词创作模仿成风，雷同成灾。自从有了"三五牦牛啃夕阳"，便你"啃夕阳"，我"啃朝阳"，他"啃秋光"；自从有了"只网春光不网鱼"，便由"网"演化出了"钓"来：你"钓春光"，我"钓诗句"，他"钓悠闲"。大有"'啃'尽世间物、'钓'穷天下词"之势。具体到新农村题材诗词创作，"产品经销能上网"则是相当长一段时间的窠臼。似乎，反映农村之发展，除了网上销售，便不再有其他可写之处了。在这一点上古人就比我们高明许多：同样写送别，王维、王昌龄、李白、高适、许浑、郑谷、杜牧等在场景选择、气氛渲染、情感寄托、语言表达等各个方面都大有区别。明朝陆时雍在《诗镜总论》中说："诗不患无景，而患景之烦。"我们引申拓展一下，也可以说："诗不患无事，而患事之同。"减肥，在城里已不是新鲜事体，但在农村却是少见的。这首诗的成功之处，就在于选取了一个别人没有选取过的非典型性事件，从一个全新的角度切入，从而让人产生了眼前一亮的感觉。"只怪"这种正话反说式的语言表达方式，亦是很见技巧的一个看点。求新，说难其实也不难！

2019年第9期

姚从新《月下山行》

云移斜月小，青入马峦峰。
折柳谁调曲，流萤夜听松。
天空灯火接，花暗薜萝封，
人在溪山里，烟霞又几重。

王震宇点评：

起句入题，清切简洁，一幅图画，宛在目前。三、四句之刻画，似力求曲折深细，然稍嫌尖巧，未能尽自然生动之妙。第四句较第三句稍好。五、六句亦写景，仍稍嫌费力。"空""接""暗""封"等字，仍有推敲打磨的余地。律诗中四句皆写景，古来作者多有之。然宜注意远近虚实、大小浓淡之变换开合，不然则有紧窒堆垛之弊。结句很好！一笔括尽前文，"烟霞又几重"，为读者留有想象空间。杜甫《谒真谛寺禅师》，起句云："兰若山高处，烟霞障几重。"张祜《江西道中》，起句云："日落江村远，烟霞度几重。"此作"又几重"为结语，"又"字颇灵动，表现月下山行，峦嶂朦胧，一路逶迤之态。

全诗风格，颇近晚唐。锤炼字句，用功甚深，难能可贵！

甄宇宁《风入松·秋日即景》

小村静卧大河旁，河上落秋阳。蜻蜓掠过蓬蒿草，又飞过，那片初凉。古柳风中憔悴，野凫水面徜徉。　　方田已是稻金黄，穗满似琳琅。阿爹每向村头看，老身影，斜映西墙。几把镰刀锋利，一丛菊蕊微香。

金中点评：

现代势科学理论提出的"势＝差别×联系"公式对很多学科都能适用，包括诗词。"势"即有序信息，其大小可作为衡量一首诗作高下的重要参考。我们若能让诗作中出现的要素之间差别大，同时联系紧密，一首诗的势就大，容易成为好诗。

这首词的起笔"小村静卧大河旁，河上落秋阳"便具有强势："小村"和"大河"之间差别大，通过拟人化表达"静卧"做了紧密联系；"河"与"秋阳"之间差别大，以"落"字做了串联。通过反复"河"字，构成小村、大河与秋阳之间广袤的立体空间。以下依次从蜻蜓、蓬蒿、古柳、野凫的自然景象过渡到下阕的稻田、阿爹、村头等人事描写。物象之间的差别大，联系紧，层次有条理，整体较好地表现了小村秋日祥和的气氛。

这首词上下阕结尾的对仗还有提升余地。上阕的"憔悴"一词与通篇的氛围不合。下阕的"锋利"一词似可考虑改为"犹利"，与"微香"对仗工整，"犹"字点出"镰刀经过一番劳作之后依然锋利"之意，能扩大诗作的时间广度。

2019年第11期

陈国元《回乡偶书》

杨柳青青草满坡,藕花深处采菱歌。
悠闲最是湖中鸭,拦我船头话语多。

苏些雺点评:

《回乡偶书》一诗,读后令人不禁联想起李清照《如梦令》"兴尽晚回舟,误入藕花深处"的场景。上述的这首绝句,一样有小船藕花,一样是热热闹闹,作者却是着力于从侧面去表述游子对故乡的眷顾和惊喜,感受自与一般游客不同。绿杨、青草、藕花、菱歌,一切如此熟悉,顺手拈来,若至此只是陈述了乡村的景致,美是美,但不能打动人心。而后面二句才是诗的亮点:作者并无直述,而是借助一群多口多舌且悠闲、还把船拦住了的鸭子去"讲"!讲了什么?全凭读者去联想了!尤其是末句,一个"拦"字,整首诗立马生色,试设想一下,如改了用"横""挡""阻"等字,不是不可以,却远不及"拦"字显得鲜活生动,有点横蛮意味,逗人喜欢。正如《人间词话》所言:"红杏枝头春意闹",着一"闹"字,而境界全出。可见,有别于标语口号,好的诗句是具生命力的,有灵有肉的。把写景抒情融为一体,诗的境界创造也就水到渠成了。

2020年第2期

刘博《清平乐·返母校》

公交擦过，风冷肩之左。门闭拾阶空小坐，记你呆呆看我。今无去岁春愁，重来又是新秋。只怪星街太短，当时不及回头。

黄小甜点评：

第三、四句可圈可点："门闭拾阶空小坐，记你呆呆看我"，校门关了，拾阶小坐，呆呆看着。"记你"即忆起在校时的点点滴滴。而本是"我"呆呆看着母校，却言"你呆呆看我"，既是抒母校对"我"之深情，更是书"我"对母校之眷恋，由此令其"情"更切！此二句委实不错！遗憾的是，除此之外，其余都令人云里雾里。开头就挺吓人"公交擦过"，我不觉一身冷汗，"伤了没？"次句"风冷肩之左"，这风也有些怪异。下片换头"今无去岁春愁，重来又是新秋"，要说什么？真个是"为赋新诗强说愁"。末两句"只怪星街太短，当时不及回头"，更是"两只黄鹂鸣翠柳"，不知所云。诗词，要求合律，仅合律又并非就能称为诗词。诗词，首先其言应顺畅，知道你在说什么，然后有形象，有诗味，有意境……如此，即便随手写眼下所见，心头所感，手法可逆来顺往，旁见侧出，各相乘除……均皆可成其骚雅。否则，非诗也。

2020年第2期

哈声礼《八步沙六老汉治沙造林歌》

古来河西风惯吼，乌鞘岭上沙如斗。古浪向北人难行，开门风卷石飞走。沙丘步步南推移，三万人家难糊口。祁连山月锁蒙蒙，常遭欺凌何忍受。频有村民故土离，只求不复食沙泥。中有六名青年忒神奇，不向沙漠头一低。欲教古浪绿旖旎，八步沙停发生机。无声语，播新绿，春去秋来唯痴痴。一树一草细呵护，犹如育女似养儿。纵然抱病犹撑持，若见萌芽笑展眉。一株种成积一顷，遂教荒漠成葳蕤。三十八年星斗转，治沙事业何改之。老子虽死儿后继，对此恒心不能移。十万亩草挡戈壁，十万亩林做春旗，从此莫道凉州草木稀。林呼雨，草披纱，古浪绿入寻常家。喜听春雨声滴答，滴答唤醒孙与爷。三十万亩此后植，梭梭嫩嫩枣开花。六人百人万万人，同栽草树共防尘。人一我十精神不能灭，伏羲后裔子而孙。呜呼！愚公志，夸父林，事业成功是恒心。我今当以效其志，且如飞燕振翼直上云霄千万寻。大计扶贫挑重任，朝朝放歌为我陇原做新吟。

宋彩霞点评：

就体裁论，它是属于叙述诗。作为叙述诗，把诗人要叙述的事情描述出来，抒情达意，得歌行体章法。全诗由六名青年不向沙漠低头开始，在古浪播种新绿，开荒种地，到一代接一代，"老子虽死儿后继，对此恒心不能移"，"同栽草树共防尘"，完成了一个动人的故事。滔滔二十七韵，写得无拘无束，思路放开，如行云流水，天马行空，开合有度，开合自然。该首有三个特点：①以叙述为主，兼以描写，议论。前十句为一小节，意思相连，相当于律绝的起承，中间接着这个意思继续写，把故事讲完，他驾轻就熟，或歌唱，或描写，或叙述，无不尽情尽意；②明白易懂，直抒胸臆，无遮无拦，没有典故，没有骈体，更没有艰涩的话语，晓畅淋漓，一泻千里，写者尽情，读者快意；③直接叙述，篇末点题，"我今当以效其志，且如飞燕振翼直上云霄千万寻。大计扶贫挑重任，朝朝放歌为我陇原做新吟"。与杜甫《茅屋为秋风所破歌》末尾点题，王维《桃源行》末尾"春来遍是桃花水，不辨仙源何处寻"一个路子。小哈此篇由开篇发感慨，引起注意，末尾呼应，连成一气，气势恢宏，令人玩味。

2020年第2期

白秀萍《书法课习"人"字有感》

也将风雅入毫端,半老徐娘习柳颜。
撇捺浮生多感慨,写人容易做人难。

武立胜点评:

杨逸明先生曾提出过诗词创作的"金字塔理论",即把诗词创作分为技术、艺术和思想三个层面,技术是基座,艺术是塔腰,思想是峰顶。且不说这个理论的科学性与合理性,但我们必须承认,掌握平仄、押韵、对仗等基本问题,做到技术娴熟,是比较容易的事情。使作品生动、绚丽,"味道"十足,即迈上艺术之台阶,做些努力也能够达到。但是,若想使作品具备哲学思维,蕴含为人处世之道理,的确是一件难度较大的事情。诗词忌说教,但诗词又具有教化功能,这二者之间如何平衡与调和,更是不易把握。太直接则失诗味,太委曲则难达意。此作通过对"写人容易"这一表象特征的开掘,拓展出"做人难"的社会道理,内涵丰富,哲理深邃,联系自然,过渡圆畅,不失为成功的写法。而且,把这一很多人早就认识到的哲理写入诗中似乎还是第一次,也算是"人人眼中有、个个笔下无"的例子。当然,若与"不畏浮云遮望眼,只缘身在最高层""欲穷千里目,更上一层楼"等著名诗篇的既有道理、又有诗味的境界相比,此作还有很明显的差距。

2020年第3期

曾入龙《鹧鸪天·烟花》

也拟仙花开满天,也将身向绮霞眠。也曾气贯三千丈,也可光浮百二山。　燃半刹,梦多番,一声奇响遍尘寰。少年我亦听奇响,不识其中有浩叹。

刘庆霖点评:

古今描写烟花的诗词很多,但这一首算得上别具一格。一是一般的人写烟花,都写一处一时的感觉,如"火树银花合,星桥铁锁开"(唐·苏味道《正月十五日》)、"天花无数月中开,五采祥云绕绛台"(明·瞿佑《烟火戏》)。这首词写的却非一时一地的燃放烟花的感觉。从"也拟仙花开满天"到"一声奇响遍尘寰",描写的都是普天之下的大气象。这种大气象的联想能力是一般人很难做到的。这让我想起了杜牧"千里莺啼绿映红,水村山郭酒旗风。南朝四百八十寺,多少楼台烟雨中"(《江南春》),杜牧能从一处莺啼推及"千里莺啼",从一处寺庙推及"南朝四百八十寺"实在高妙,作者的《烟花》与《江南春》手法相似。二是一般的人写烟花,多以写景叙事为主,且多欢乐场面,如"东风夜放花千树。更吹落,星如雨……"(辛弃疾《青玉案·元夕》),而曾入龙从烟花中悟出人生况味,"少年我亦听奇响,不识其中有浩叹",悟他人所未悟之理,发他人所未发之声,况且,这样的"浩叹"出自一个90后的青年人口中,令人拍案。

何春英《蝶恋花·寄同桌》

一首老歌轻唱起，忽忆当年，木讷痴情你。二十年来家似寄，知君竟也浑如是。　　白发欺人真老矣，岁月无言，谁解其中味。多少心怀徒尔尔，唯卿记忆深深里。

王海娜点评：

一首老歌引出了一段美好的回忆。高晓松作词作曲的《同桌的你》："谁娶了多愁善感的你？谁看了你的日记……"换"多愁善感"为"木讷痴情"，可能更加现实，让每个读者都能想起曾经青涩的年华。"二十年来家似寄，知君竟也浑如是"，意为二十年过去了，你竟然也和我一样，长期寄宿他乡。"家似寄"出自宋代刘克庄《玉楼春·戏林推》"客舍似家家似寄"。心灵是最好的回音壁，而诗词往往是叩击心灵的石头。这首词，让我们感受到了纯洁美好的青春情感。印度诗人泰戈尔曾言："夜去明来，时代像花开花落……"在岁月无言、时间沉淀之后，还能对某一个人或者一些人忽然想起并念念不忘，是多么美好的事啊！这首词用语平实，情深感人，能够引起读者心灵的回响，殊为难得。贺兰山岩画前刻着"岁月无言，惟石能语"，看来诗词也可以让岁月说话。

2020年第7期

沈鉴宇《网络大讲堂指导春耕》

挽臂殚心度岁艰，扯根网线筑黉坛。
垄边布谷传千里，屏上芽苗发万田。
笑脸耕耘从耳畔，粮仓建立在云端。
披迷博士音才落，隐隐燕山漾翠澜。

姚泉名点评：

个人认为，肇端于晚清的"诗界革命"，直到现在仍然还在持续之中。因为150余年来，起伏多舛的诗词突围之路，还没有出现更有影响力的犁庭扫穴的变革，她的发展递衍，至今还未逾越"旧瓶装新酒"的藩篱。时间延宕如此之漫长，我们很清楚是时代的巨变和文化的突进造成诗词边缘化进而阻滞其发展。这首诗，从题目到内容都是"新酒"，它最突出的特点，仍是梁启超所归纳的"挦扯新名词以自表异"。如"网线""屏上""云端"等等，但若仅仅停留在"满纸新名词"的格局，这首诗也就泯然众矣。它的好处，还在于角度新，选取"云端课堂"app构建"网络大讲堂"，全天候、大范围指导农技这件事，反映当下农村也在享受高速高效的信息网络发展成果。最后，此诗在求新之余，还用诗性思维保全了典雅含蓄的诗词本色，是新"酒"而非新"米"，形成"新意境"，为诗词在表现时代的新事物、新现象、新成果方面，做出了有益的尝试。

2020年第8期

张学祥《鹧鸪天·送戏大别山老区》

薄雾轻霜入鬓寒,携星登上九重巅。云开峭壁峰如削,车转羊肠路似悬。　真情炽,广场宽,歌声托起日喧喧。一支祖国铿锵曲,醉了红枫暖了天。

李伟亮点评:

诗词创作须讲法度。所谓"法度",不只在炼字谋篇,亦要看主题与内容之间的紧密关系,盖因题目是诗人所要阐发主旨的出发点,而这一点却常常被人忽略。这首《鹧鸪天》主旨明确,脉络清晰严整,为我们做了一个很好的示范。词的题目包含两个方面,一为送戏下乡,二为大别山老区,即送戏所到之处。全词就是从这两个方面次第展开。上片写景,突出大别山老区的环境特色,薄雾轻霜之时令,九重巅之峭壁、羊肠,这些意象俱为下片的抒情张本。下片写情,纯用虚笔,没有具体写送戏的过程、曲目等,却着重写现场效果,角度很新。更重要的是,写景、抒情不是割裂开的,而是有机的整体。上片着重写景,但"入鬓""携星""车转",已然描写出送戏下乡的主人公起早贪晚、无怨无悔的品格;下片虽然侧重抒情,但"歌声托起日喧喧",红日升起,既写心情,又有时间上的推移和连续。这样分工明确又统一协调,才是这首词技法上的亮点。

2020年第9期

王琳《南歌子·访国界线巡江艇哨所》

漾日舷风疾，分波箭雨稠。去来天际意悠悠。恰是一江秋色到心头。　　望远云山好，巡边岁月遒。白芦黄日迓归舟。摄个床前明月向家邮。

何鹤点评：

要想写好诗，必须有家国情怀。浸透着忧乐的文字自然能感染读者，从而发挥诗词的社会作用。此词系作者访问某部巡江艇哨所连队时所作。上片前两句具象铺陈，是为实写：巡江艇前呈锐角，行驶时劈风斩浪，分波成势，被激起的水花像箭一样四射开去，好是壮观。三四句以意为象，笔落虚处："去来天际意悠悠。恰是一江秋色到心头。"下片叙议相兼，情景同在：流云来去，山色空蒙，战士用青春年华守疆戍边。时近黄昏，岸边芦花摇曳。作者从窗户向外望去，是波光粼粼的鸭绿江和一弯淡淡的新月。此时，正好有一艘巡江艇巡江归来。看着归来的战士，作者想到，思乡的这些战士是如何与家人联系的呢。一句"摄个床前明月向家邮"，便让浪漫的诗人气质跃然纸上。同时，也让小词有眼，成为点睛之笔。作诗，讲究有"诗眼"。我认为，没有"诗眼"的作品，宁可不要。

2020年第10期

李涛《【北正宫·叨叨令】打工妹与打工仔》

没奈何抛开那针儿线儿裁裁缝缝的技，收拾起瓢儿盏儿当当叮叮的器。躲离了媒儿姐儿啰啰唆唆的絮，忘怀他情儿意儿缠缠绵绵的事。兀的不愁煞人也么哥，兀的不愁煞人也么哥，只身儿漂流在这灯儿彩儿红红洋洋的地。

回瞧我妈呀爸呀橐橐驼驼的背，撇脱她魂呀命呀娇娇滴滴的妹，拾罗齐鞋呀袜呀花花红红的被，抹揩掉咸呀苦呀模模糊糊的泪。你怎能寻得着也么哥，你怎能寻得着也么哥，为生计闯四方，荡游在这男呀女呀蜂蜂拥拥的队。

胡彭点评：

大量的衬字、大量的叠字、大量的口语乃至方言，组成了两支叙事清晰、节奏紧凑、趣中带泪、本色当行的叨叨令，不禁让人眼前一亮，更有口中一爽的感觉。散曲不同于诗词，它的本质是说唱语言，不要求高深含蓄、字词精练，反而以朴素明白、朗朗上口为第一。在这两支曲子中，男子和女子各有其生活特色、心理特色。作者抓住了打工者各自的生活细节和心理细节，充分利用叨叨令曲子前四句都是"平平仄仄平平去"的整齐节奏，使用散曲独有的衬字叠字艺术手法，反复诉说，反复刻画，从拾掇起琐碎生活到拾掇起心头感情，层层加码，推高到如叹如怨的"也么哥"定格句，活画出了有情有义有血有肉的外出打工青年形象。"针儿线儿""媒儿姐儿""花花红红的被""模模糊糊的泪"等等，所取生活场景真实，人物感情真实，用真实的镜头表述生活艰辛和无奈，本真，可信，感人。

黄新铭《农家乔迁》

新楼座座对花开，远近亲朋接踵来。
柳絮东风都是客，一齐请到小阳台。

韦树定点评：

清人黄周星《唐诗快》评贺知章《咏柳》诗"尖巧语，却非由雕琢而得"。"尖巧语"，便是贺诗合理巧妙地运用联想和比拟手法化出。这首七绝，是巧妙运用联想和比拟手法的例子。首句写农家乔迁后的新楼有花正开，展现出农家雅居崭新靓丽的画面。第二句写远近的亲朋好友来为新居乔迁祝贺，是从正面写出了农家主人的热情好客。而第三、四句，写主人把柳絮和东风都当作来为乔迁贺喜的客人一样，热情地邀请它们到新居小阳台，是从侧面写出了主人的热情和喜悦。小阳台是乔迁到新楼后的亮点，末句暗中呼应首句。我们可从此诗看出诗人艺术构思一系列的过程，其中所出现的一连串的形象，是一环紧扣一环的，且首尾呼应顾盼，颇见章法布局。另外，此诗语言平实，自然流畅，不用僻字僻典，亦是《唐诗快》所谓"非由雕琢而得"。

2020年第12期

郭文泽《贺新郎·梅雨天农村采访》

秧稻初排队。远村边、空蒙一片，是梅滋味。阿伯自携红小桶，踩过田间泥水。肥料撒、禾苗更翠。白鹭时而回头望，舞翩跹呼我为同类。深吸气，可清肺。　　莫如同在乡村醉。众人家、蓝墙绿瓦，狗巡猫睡。处处瓜藤爬满地，菜种房前宅背。与我看、炊烟沛沛。惜有事堆双肩上，愿改天再续佳缘会。况欲雨，伞无备。

张金英点评：

新乐府运动倡导者白居易在《与元九书》中提出了"文章合为时而著，歌诗合为事而作"的主张。此论包含两方面的意思：一方面是反映时事，另一方面是为现实而作。此现实主义诗歌理论要求诗文创作要贴近实际，把握时代脉搏，反映社会现实，具有划时代的指导意义。这首词采用龙谱，以通俗明快的语言反映了当代农村的新面貌，表达了作者的喜悦之情，富有浓郁的当代生活气息，情感自然真切。上片着重于"望"，突出了新农村的清新气象。开拍不俗，以拟人手法描绘出农田里整齐的秧稻，似迎接远来的作者。接着按由远及近的顺序渐次展开农田之景，辅以翩跹之白鹭为配角，平添几许生趣。下片着重于"醉"，表现当代农村的美好生活。作者落笔于"众人家"，描绘出每一户人家的田园生活图景，充满生机。全词结构合理，表现了当代生活内容。袁宗道《论文》云："夫时有古今，语言亦有古今。"此词以时语表现了时下的农村生活，尤其是"梅滋味"等词善于提炼，艺术性较强，增加了可读性。

董惠龙《团圆节有作》

月下翁眸对妪眸，耄耋相伴过中秋。
举杯不敢思儿女，一在兰州一广州。

杨逸明点评：

读这首小诗，觉得很是心酸和同情。题目是团圆节，前两句倒是写老夫老妻团圆在一起，还四目相对，饶有情趣，以为后面会继续写他们老夫妻的恩爱。但是第三句却笔锋一转，引出第四句，说是与儿女天各一方，分作三地。老夫老妻，生了两个子女，却一个都不在身边。这也是当代现实社会常见之一景。诗寥寥几笔写得很轻松，反映的生活现状却很严酷。"一在兰州一广州"，离家的距离还算是近的，还有"一在加州一澳洲"呢！古代只有"田园寥落干戈后"才会"一夜乡心五处同"。南宋战争年代，辛弃疾写的"白发谁家翁媪"，还与"大儿""中儿""小儿"在一起呢。太平盛世不应该如此啊！一家老小明明可以享受天伦之乐，年轻儿女明明应该"父母在不远游"。绝不是因为战争，似乎也不完全是为了活不下去的生计，留守老人，留守儿童，全国范围内比比皆是。这究竟是为了什么？读一首小诗，除了心酸和同情，似乎更应该引起人们的感慨和深层次的思考。而能够引起读者心酸、同情、感慨和思考的，这定是一首好诗。

2021年第2期

燕河《生查子·暮春怀人》

何处说相思，尽入琉璃盏。风索绿杨腰，雨润芙蓉面。欲寄此时心，谁折芳枝软。消息隔千山，竟比春风远。

熊盛元点评：

《生查子》本唐教坊曲名，其义何指，古人众说纷纭，莫衷一是。我以为毛先舒《填词名解》卷一所谓"《生查子》，古'槎'字通，取海客事"，最具卓见，观王喆此调名《遇仙槎》，亦可作旁证也。此词宜修要眇，颇得本调体气。起拍谓借酒以浇春愁，然笔致清奇，心裁别出，将"相思"注入"琉璃盏"中，酒盏中浮现伊人杨柳之腰、芙蓉之面，情痴如此，诚如飞卿所说"玲珑骰子安红豆，入骨相思知不知"矣。下片拟折芳枝赠远，而伊人暌隔，欲寄无从。"消息隔千山，竟比春风远"，浅貌深衷，蕴含理想难遂之寄托，深契常州词派"意内言外"之旨。按《钦定词谱》，此调"五言八句，每句第二字，例用仄声"，此词谨遵其格，然民国时期词家往往于上下片首句用平起式，即贺铸"西津海鹘舟"之体，如陈匪石《生查子》词云："胭脂百仞山，山下如花面。赠我玉连环，报以同功茧。无端敕勒歌，吹送胡沙怨。昨梦出关来，未抵天涯远。"其结拍与燕河托意略同，可谓"萧条异代不同时"也。

2021年第2期

张智深《乘舟东下》

披襟携酒上栏台,山为楼船锁钥开。
两岸春随吴雨湿,一江风自蜀天来。
灵霄已渺登龙梦,滕阁何惭吐凤才。
明日苍茫见东海,无边曙色举霞杯。

潘泓点评:

司空图说雄浑,是"反虚入浑,积健为雄。具备万物,横绝太空。荒荒油云,寥寥长风。超以象外,得其环中";他论劲健,是"行神如空,行气如虹。巫峡千寻,走云连风。饮真茹强,蓄素守中。喻彼行健,是谓存雄"。这首七律的特点和亮点,是把雄浑的气象与劲健的笔力水乳交融地结合,做到了事中有景,景中有情,情景相生。

作品大开大合,捭阖外物,酣畅内心。以写事入,继而写景,再而发思,复以景收,章法严整,气脉流畅,是工稳律法。如律诗仅仅做到了"起承转合"远不是好诗。我们看,首句和结联,见人物潇洒旷达的形象:"山为楼船锁钥开",是说山因有这艘楼船要经过才"锁钥开";而后面伏笔"明日",意即这个行程颇长。故诗人既有颔联沿途对景物的欣赏,也有颈联对景生出感慨(或者可能是没有对实景而仅是茫茫思绪中留下的一缕),更有结句对优美场景的想象与描写。写景壮美,写事绚丽,发思邈远,文字简洁而精当,可见作者对诗材既施予了宏观的设计,又做了微观的打磨。

别志奇《金缕曲·全国劳动模范拉齐尼·巴依卡》

三代巡边路。斗风霜,毡靴牛背,陡崖湍渡。箧底戎装心底志,誓守家邦寸土。凭赤胆,昆仑铜柱。似玉莲花开漫野,纵原高万仞雄鹰翥。　　画角歇,旌旗舞。死生抛却何堪顾。解危弦,飞身扑跃,冰湖崩处。大雪弥天天不语,只手高高托举。此一格,壮哉千古。塞北江南同涕泪,恸忠魂归去悲难诉。凝碧血,丰碑竖。

陈廷佑点评:

拉齐尼·巴依卡,不仅是全国劳动模范,还是全国人大代表、全国爱国拥军模范、时代楷模、三代守边动人故事主角,更拥有"帕米尔雄鹰"称号。这样一个好人、名人,因跳入冰窟救人牺牲!其人其事,令人哀痛敬仰,应该歌颂!但这位英模事迹丰富,既有几代人接力精诚,又有二十载奋斗坚守,更有一瞬间英雄壮举,直至壮烈牺牲,如此丰富的材料怎样取舍,如何把握,既要摹其形,又要描其神,还要言其事、颂其忠勇。真要歌颂好,确有一定难度!

此作上阕备述其既往,下阕先言其救人之勇,最后以"塞北江南同涕泪,恸忠魂归去悲难诉。凝碧血,丰碑竖"作结。全篇一百一十六字,有人有事,有叙有议,有动有静,有繁有简,既使人物丰满可亲,又使事迹真切可见。尤为可赞的,是格调高古,雅而不俗,哀而不伤,以近乎完美的呈现,完成了这个难度极大的现实题材的写作,令人感佩。

庄炳荣《城居》

接来老母住高楼，总是扶窗看树头。
试把铃声改鸡叫，手机或可解乡愁。

张克复点评：

起句，乡下老母住进城市高楼里，总不免有割舍不下的东西，所谓的"稷黍之思"。而这种情绪通过"总是扶窗看树头"一句，表现得淋漓尽致，足见作者撷取意象的功力。"总是"而非偶尔，"扶窗"而非下楼，寥寥四字，尽现老母思乡之渴望。而以"树头"作为目及之物象，显示楼居之高之不接地气。树头荣衰，抑或指代乡间物候。老母之心绪也便随着树头四季变换而不同，眺望树头那边远方的家乡。接着转句"试把铃声改鸡叫"，用"鸡叫"声将老母由总看"树头"的虚幻中拉回"真实"的"乡下"情境，听到"鸡叫"的老母，仿佛睡在乡下的土炕上，是怎样的一种踏实。作者对老母体贴之殷，关怀之细如在目前。尾句顺势点出"乡愁"主题作结。虽物象占了一半，由于统摄得方，看似信手拈来入句而不显零乱，起到尽抒情、俱言事的作用。

2021年第7期

何光腾《西江月·某地植树节》

几缕薰风抚绿,一场春雨微潮。扛锄荷铲赴山凹,挖穴摆姿拍照。 布谷云中搭讪,黄鹂枝上闲聊。年年无处筑新巢,又是随风一闹?

李建春点评:

此词作者以含蓄、委婉、幽默的笔触讽刺个别地方流于形式的植树节,构思精巧,耐人寻味。上片写景,动静交错,妙趣横生。通过暖风、绿意、春雨自然景象,衬托出一支植树造林队伍向山凹进发的壮美场面,足让人心旷神怡。然而,笔锋一转,以"挖穴摆拍"这一特写镜头呈现,为下片感发做了铺垫,曝光了这幅看似激情、热闹,实则搞形式、走过场,老百姓深恶痛绝的不和谐画面,不禁使人陷入深思。

下片言情,情景交融,理趣兼美。作者借布谷搭讪、黄鹂闲聊之口,从心底发出"年年"来植树,但鸟鹊却无处筑新巢的叹喟。末句"一闹"最是作者忧虑,也揭示本词中心要义:植树切不可装模作样!而"又是"作为递进句式更加重作者内心的不安、猜测、观望以及呼吁改变这种现状的真诚期待。

此词从审美感受说,立足高,取境深,篇中有余味,句中有余意,堪为佳作。

2021年第8期

王海亮《白洋淀雁翎队》

十万蒲芦作战场，雁翎一羽色如霜。清波百丈凝冰雪，短艇三千趁夜光。张水网，布机枪，风涛云阵剿豺狼。鱼虾满载人归去，又向荷花深处藏。

刘庆霖点评：

雁翎队是抗日战争期间，白洋淀上活跃着的一支独具特色的水上游击队。因为2021年是建党100周年，这类写红色革命的诗词便多了起来。虽然佳作出了不少，但由于写历史、写现实难度较大，许多作品都没有做到位。为什么说这类诗词难度大呢？因为诗人不但需要了解历史，而且创作时还要以写实为主，同时处理好实与虚的关系。写实为主，即是王国维在《人间词话》中说的写境："有造境，有写境，此理想与写实二派之所由分。然二者颇难分别。因大诗人所造之境，必合乎自然，所写之境，亦必邻于理想故也。"王海亮深谙此理。此词从"十万蒲芦作战场"到"风涛云阵剿豺狼"，即以写境为主。写境不但要以事实为基础，而且要知道在众多事实中如何取舍，取舍不当，亦非到位。此词在写境，亦即叙事、取舍、用词等方面都十分到位，读来似乎脑海中又放了一遍《雁翎队》的电影。结尾"鱼虾满载人归去，又向荷花深处藏"以造境为主，为的是虚实相生，增加韵味。然正像王国维说的"所造之境""合乎自然"，让人难以分辨是造境还是写境，岂不高妙！

2021年第9期

夏云浦《忆母》

走线飞针背已弓，孤灯跳动五更风。
寸心为子缝春色，托起朝阳掌上红。

包岩点评：

诗意有显有隐，无论显隐，只要引人入境，让读者在读诗的一刻产生共鸣，忘却其他，即可为好诗。这首《忆母》以母亲为儿女缝补衣裳这一典型动作来描摹切入，直抒胸臆，同时亦以双关表现出母亲在日常缝补之外的理想寄托，是一首读起来"不隔"的、情感铺陈很顺畅的好诗。

"走线飞针背已弓"，以场景开篇，入诗成画。"孤灯跳动五更风"，交代母亲劳作的时间和环境，早上很早，缝补的环境也是让人容易落寞的。但是母亲的心情却是阳光的，"寸心为子缝春色"，说明母亲胸中充满着对孩子满满的爱怜，对清早的劳作并不在意，要把这满天的"春色"都缝进孩子的衣裳里，让孩子无论四季都在母爱的呵护下感受到春天的灿烂。结句"托起朝阳掌上红"，点出母爱的伟大就在于要全力以赴将孩子的未来托举起来。子女即是生活的希望、人生的光芒。

2021年第10期

曹振锋《减字木兰花·读〈诗经·关雎〉》

有何不可，那种情思拴个我。百味曾经，但醉雎鸠不住鸣。忽然欢喜，陌上春天皆是你。正见纷纭，也在枝头也在心。

宋彩霞点评：

爱情是人类精神活动的重要动力。现代精神分析学派的开山鼻祖弗洛伊德认为：人格结构最底层的本我，总是处于无意识领域。而《诗经》是最早关注爱情的。"关关雎鸠，在河之洲。窈窕淑女，君子好逑。"关关，象声词，鸟鸣也，毛传曰"和声也"。实即一呼一应的对答之声。在解读了《诗经·关雎》后，作者把自己摆进去，从而久久不能释怀，发出了十分肯定的表达："有何不可，那种情思拴个我。"有此等句，便空灵可读，颇富禅意，引人遐思。爱情自古就是诗歌中的先驱与最璀璨的花朵。"拴个我"是历代文学作品中绕不开的话题，是作者的穿越。"忽然欢喜，陌上春天皆是你。"春天和鸟鸣来得突兀，令人欣喜。诗人目睹和悦求爱的鸟声，乃生发出君子求偶的诗意的冲动，诗人是极富有感情的，无论他是豪放派还是婉约派，都具有丰富的人性之美，浅显凝练的文字只要注入了诗人的丰富情感，就会感动许多人。故能灵机勃发，不求高妙而自然高妙。此小令语言朴素无华，气格贯通，心思细密，自然谐趣，造势深得烘情之妙，允为佳作。

2021年第11期

张伟超《永遇乐·霜降前两日归旅部》

黄叶如花，故人如酒，闲说无恙。鼓角重回，旌麾每忆，黯淡封侯相。阵云飙烨，光阴急骤，万里习戎都忘。又争知、而今部曲，引弓龙首山上。　　持枪下士，参谋中尉，换了青春模样。似我当年，分君生气，迷彩中军帐。也应痴绝，歌声来识，尽与西风怅惘。百夫长、河西去后，共谁漫想。

范诗银点评：

起句款款，不失情深。接拍振起，三拍相续，皆以张启，以收结，勃发中亦有几分惆怅。歇拍以时事荡开，扩展想象空间。过片照应"故人"，以其今天之模样，对写接拍中自己当年戎装之神采。三拍以歌声与西风，遥对上片部曲西狩。结拍言志言思，收住全篇。脉络清晰，情感充沛。

龙首山是古来兵家必争之地，公元前121年，霍去病过此进击匈奴右贤王部，取胜河西战役。杨炯《从军行》最后两句"宁为百夫长，胜作一书生"。词的上片实写"引弓龙首山上"，已寓怀念当年之意。下片以"百夫长"喻故人，亦有今时互勉之思。这两处典实，增加了词的内涵，亦增色典雅。传统语码与时下语言融于一阕词中，如"封侯""部曲""中军""下士""中尉""迷彩"等，既增古意，也出新彩。这种用法，处理不好，容易产生"隔"的感觉。若臻于化境，当化古为今，化实为虚，借新词驭象征，重造临于理想之境。则无食古之嫌，而取创新之得，抒情达意骋怀间，已是自家面目。